乡村民谣

青岛市文学艺术界联合会 编
名誉主编 耿林莽 主编 王泽群
副主编 韩嘉川 栾承舟
本册主编 何敬君

青岛出版社
QINGDAO PUBLISHING HOUSE

本书编委会

总　序

回望百年　美不胜收

耿林莽

第一位将域外散文诗译介到中国来的作家，是刘半农。早在1915年，他便在《中华小说界》第2卷第7号上发表了以《杜谨纳夫之名著》为题的四篇散文诗，“杜谨纳夫”即屠格涅夫。中国第一位创作散文诗的，也是刘半农。他的第一篇散文诗《晓》，发表在1918年《新青年》杂志第5卷第2期上。当时，他也许不是有意写的，但这个《晓》对于黎明初降时的诗意描绘，却恰恰成为中国散文诗诞生的一个极具蓬勃生命力的美好象征。虽属巧合，但也算是百年散文诗史上的一段佳话。

这篇《晓》仿佛是一声雄鸡的报晓，迅即唤起文学界散文诗创作的热潮。“五四”时期，文学界先锋人物对新生事物是很敏感的，当时几乎所有一流作家都投入到这一新兴文体的创作，鲁迅、郭沫若、茅盾、巴金、冰心、朱自清、沈尹默、郑振铎、周作人、王统照、徐志摩、许地山、焦菊隐、徐玉诺，等等，皆有散文诗佳作，真的是热闹非常。可以说，中国散文诗这一新文体，拥有一个极富尊严、充满朝气的草创期。当然由于作家们初涉这种文体,对其了解难免粗浅,有些作品质量不高,也是正常现象。直到鲁迅的《野草》问世,局面才有所改观。

早在1919年,鲁迅就以神飞为笔名,在《国民公报》副刊《新文艺》上发表了一组散文诗《自言自语》,形式上与流行散文诗相近。由此可见,他也是中国最早投入到散文诗创作的作家之一,对这一新兴文体,早已心怀敬意充满热情。《野草》的问世则是其散文诗形成自身独特风格,和中国散文诗由幼稚走向成熟的一个标志。它不仅是中国散文诗的一座高峰,在世界散文诗史上,也是一座丰碑。说它是高峰,是丰碑,除其展现了作者深厚的文学素养与不同凡响的语言造诣等艺术上的因素外,更重要的是它展示了散文诗这一文体的美学特质,扭转了人们对它的误解。误解包含:认为它不过是一些华丽词语的堆砌,小资情调的抒发,个人心境与身边琐事的笔现。其实并非如此,孙玉石先生在他的《〈野草〉与中国现代散文诗》一文中告诉我们:《野草》启示人们要把人的诗情与时代的斗争紧密联系起来;内心矛盾的严峻解剖和象征方法的完美运用,形成了《野草》这部散文诗集充满诗意而又富于哲理,幽远奇峻而又凝练深警的抒情色彩。譬如,在《过客》这篇寓言式的以戏剧形式展开的诗境中,渗透了生命意识无比辉煌的力量,和一种崇高悲剧美的苍凉与悲壮。无论前面是野地,是坟,是黄昏,是黑夜,"我只得走,我还是走好吧……"他"即刻昂起了头,愤然向死走去",这便是"过客"的形象,鲁迅为我们塑造了一个不朽的"知其不可为而为之"的战士和诗人的典型形象。

《野草》发表之后的20世纪30年代,有学者认为散文诗创作进入了低谷，我觉得并非如此，相反，与草创期相比，她呈现出渐趋成熟的态势。草创期虽然大家云集，气氛热烈，不少人不过是偶尔为之，浅尝辄止，对散文诗文体的认识也不够深刻，这是很自然的现象。30年代出现了专业性散文诗作家，如何其芳、丽尼、陆蠡、马国亮等，他们的作品已经相当成熟地显示了散文诗的美学优势，特别是何其芳的《画梦录》。这部作品原本是以散文集名义出版，且获得《大公报》文学奖的殊荣，然而人们因其浓郁的抒情性魅力和突出的诗美意境，普遍地将其视为优秀的散文诗样本，它在当时产生了很大影响。

20世纪30年代末期到40年代，抗日战争和解放战争期间，文艺作品服务于斗争需要成为必然。作为散文诗自身的文体发展，基本上稳定地延续了前期风格，没有出现太大变化。郭风和刘北汜编选的一套《曙前散文诗丛书》，收入田一文、莫洛、羊翚、彭燕郊、刘北汜、叶金、陈敬容等人的作品，大体可以呈现这一时期散文诗的面貌。新中国成立以后，形势大变，散文诗以郭风的《叶笛》和柯蓝的《早霞短笛》为代表，吹响了时代的最强音。笛声中洋溢着明朗、欢快和昂扬的朝气，体现了当时人们的喜悦与乐观情绪。不过，1957年流沙河因《草木篇》，徐成淼因《劝告》而遭受的打击和苦难，却也在散文诗史上留下了一抹记忆的暗影。再以后便是“文革”横扫一切的风暴，散文诗沦入长达十多年的“空白期”。其间，许多人因散文诗而惨遭批判和迫害，即使柯蓝的《早霞短笛》那样洋溢着歌颂与赞美的作品，也未能逃脱姚文元棍棒的打击。

苍天有眼，否极泰来。改革开放以后，散文诗迅即复苏，随后便是空前的繁荣。在20世纪80年代文学进入复苏的大背景下，柯蓝、郭风等人为散文诗四处奔走游说，推动了散文诗的振兴，这固然是重要的因素，但更关键的是整个文化环境趋向宽松。经过30多年的蓬勃发展，中国散文诗已经进入了成熟和丰收的繁荣期。一大批老中青散文诗作家不断涌现，优秀作品层出不穷，美不胜收，以及发表阵地不断扩大，诗集、选集、年选、丛书大量出版，理论研讨、评奖活动十分活跃，如此等等，真的是史无前例。种种情况，难以赘述，读者从这部《中国散文诗一百年大系》中，自会有直接的感受。

且让我们来一睹这部《中国散文诗一百年大系》的风采。

王泽群是一位散文诗作家，虽然他并非以散文诗为创作主项，但对散文诗事业却十分热心。为了纪念中国散文诗的百年诞辰，他倡议、策划、组织了《中国散文诗一百年大系》这部大型丛书的出版，邀请了韩嘉川、何敬君、栾承舟、栾纪曾、王亚平、雨倾城、高伟和霜扣儿八位诗人参与编选，第一本拟选入百年中有代表性的经典作品，这是一个规模宏大的工程。策划中决定的丛书任务，一是为百年散文诗的经历提供一份可资参考的作品史料；二是为读者推荐百年来的优秀散文诗作品。后者应是主要目标，因为绝大多数读者的兴趣，毕竟是在优秀散文诗的阅读欣赏方面。

悠悠百年，作品浩繁，大海捞针，百里挑一，编选工作的难度可想而知。早期作品的挑选难度在于资料匮乏，即作品少；当代作品的挑选难度在于作品多。面对这一实际情况，在选入作品的分量上，自然是今多昔少，这其实亦属必然。后来者居上，散文诗百年的发展，质量的逐步提升是必然的趋势，选入的当代优秀作品，包括一些年轻作家的作品，其美学高度已远超前人，这一点读者从大系中将会获得印证。

面对百年,尤其是当代散文诗,编选过程中的体验与思考颇多。择其要者,略述一二,向读者做一汇报。

1. 散文诗的文体属性问题,在国外,是很明确的。散文诗的开创者之一波德莱尔在谈及《巴黎的忧郁》时说:“总之,这还是《恶之花》,但更自由、细腻、辛辣。”《恶之花》是诗集,那么《巴黎的忧郁》也是诗,是明确无误的了。国外的许多诗人,都把散文诗与分行诗一齐收入诗集出版,也是一个明证。但是在中国,多年流行的一种观点则是,散文诗是诗与散文的杂交品种,或边缘文体,也就是说,散文诗既可以是诗,也可以是散文,或诗或文,亦诗亦文。这就在很长时期中,对作者和读者造成了属性模糊不清的印象,许多人将短小的抒情散文误认成散文诗,导致一些散文诗严重散文化的倾向,对散文诗的发展十分不利。当代散文诗的后期,散文诗本质是诗的观念才得以确定。散文诗是自由诗的发展,为了强化诗的表现力,引入复杂情节而将散文的因素融入其中;散文是以“移民”的身份被吸入并加以改造而为其服务的。我提出“化散文”而不是“散文化”的观念,得到人们的共识。现在,散文诗已被公认为是归属于大诗歌谱系,与自由诗、古体诗并立的三大诗体之一。中国作协鲁迅文学奖的诗歌项目,也是这样安排的,这说明散文诗的文体归属问题,终于尘埃落定了。这是当代散文诗顺利发展的一个重要因素。大系编选过程中,也是按此认识处理的。

2. 对于散文诗的产生,人们多从其艺术形式上考虑,很少关注到它的时代背景,其实这一点至关重要。《巴黎的忧郁》是在资本主义发达社会,商品化对人性扭曲与异化的背景下产生的,五十篇作品几乎全是“他者”忧郁的陈述，而非作者个人的哀愁或闲愁，更不是供人赏玩的“小摆设”之类。揭示疮疤，治疗疼痛，拯救灵魂，呼唤人性，这才是散文诗这一文体在内容上的本质属性。散文诗传入中国后，却一度出现了大量内容空虚，专门抒发个人情感的小资情调，甚至是无病呻吟的作品。矫揉造作，扭捏作态的不良诗风随之流行，这极大地损害了散文诗的声誉，引起一些人对这一文体的冷漠和非议。鲁迅的《野草》之所以可贵，正在于他以其关注时代、关注现实，以及凝重而深厚的社会内容，还散文诗应有的本质属性。经过多年努力，当代散文诗的主流走向，已逐渐归于正常。对于这一问题，我曾提出过“要沉甸甸，不要轻飘飘”的主张，是有针对性的，现在看来，或亦有其片面性。“沉甸甸”固然需要，“轻飘飘的”，即那些清浅之作，也自有其审美价值。对于这个问题，谢冕的《散文诗说》中有段话说得很好。他说：“这是青春的文体，优美、轻盈、灵动、隽永，还有始终如一的高雅，以及始终拒绝粗鄙化的坚守。从主要的表现形态来说，散文诗似一幅幅水墨山水画，淡淡的、浅浅的，如山间的云霞。”在这个问题上，时刻都不要忘记多样化的要求，大系的编选中，处理是恰当的。

3. 人们为什么爱读散文诗？是为了满足审美的需求。有人说“散文诗是美的尤物”，美文性是它的一大优势。因此，我们将美视为散文诗的依归。选编过程中，以美的追求为首要目标。较难处理的是美与意义的关系问题，在“文以载道”的观念深入人心的中国，人们对文学作品的教育意义，即思想性十分重视，散文诗亦然。在创作过程中，如果从意义出发，即所谓“主题先行”，容易使作品形成说教；如果以形象阐释思想，会削弱诗美吸引力。

要正确解决这个问题，还需从认识上入手。什么是美？美是真善美的统一，意义、思想不应该是对美的强加，而是其内在生命不可分割的组成部分。也就是说，美隐含着意义，严格地讲，没有意义的美是不存在的。我们常讲的“德智体美”，美本身便是一“育”。散文诗正是通过美的形体，给予读者以优美情操、健康思想和精神文化修养上潜移默化的影响而实现其“教育意义”的。理直气壮地将审美作为散文诗价值的核心来处理，是大系编选过程中所遵循的一条原则。

愿《中国散文诗一百年大系》搭起的这座桥梁，能帮助您抵达中国百年散文诗的彼岸，获得一次审美的满足。

序

还乡之旅

何敬君

海德格尔说:“诗人的天职就是还乡。”

编辑《中国散文诗一百年大系》之《乡情民谣》卷,让我经历了一次还乡之旅。不过,我所还之“乡”比海德格尔说的“乡”要狭窄得多,大概可以具象或聚意为乡间生活、故里风情等。而从中国文化发端于农业文明这个源头而言,这条旅路又很宽广、很遥远。“飘忽迷幻的梦里——我跋涉着那迢迢的旅路,回到乡园去”(梁宗岱),“背后,有我的家乡;前面,是遥远的路……”(羊翚),行行复行行也难以抵“乡”。

诗人都是游子,人生被一腔浓浓的乡情浸泡着,而曾生长于乡间者的情怀里更有理不清的追忆、悲悯、惆怅、幽怨与畅望:“故乡的春天又在这异地的空中了,既给我久经逝去的儿时的回忆,而一并也带着无可把握的悲哀……”(鲁迅);“抱着无涯际的‘做客’情怀,凄凄清清地辗转着,而又频频向过去回首的生涯啊!”(胡风);“我怀想着故乡的雷声和雨声……这些怀想如乡愁一样萦绕得使我忧郁了"(何其芳)。

百年乡情依旧忧郁着浓稠着,可谁能真正回到摇篮般单纯的经验之境呢?"人是不比蜘蛛聪明,当蜘蛛乘着春风做冒险的尝试时,往往陷于不能预知的命运,而人们的憧憬,又往往是世外的风土人情"(陆蠡);"大地的胸脯全是我的田野。没有一种陡然而起的湍流可以汩没这无边无际的土地与山川,也没有一种凌厉的风霜能阻止我的有形与无形的耕耘和收割"(刘再复)。壮阔飞扬或幽怨柔戚的乡愁,便酿成了甜蜜的忧伤、高贵的痛苦,便伤成了一种审美的病。

还乡者共同的故乡却日渐沦陷,原野被吞噬,乡土失血失色,物欲遽胀加速着人间的漠然疏离,诗人们甚至失却了怀乡的出发地和落脚点,漂泊无归越来越成为宿命:"说'回家并不意味着抵达',现在就算我们一道/往更早的好时光走,过了天涯都不定居……"(宋炜);"在钢铁与水泥矗起的隔膜之间,在物质与物质凸出的冰冷之间回家……在殷殷渍出血珠的伤口之间,在纸一般单薄与苍白的灵魂之间回家"(刘松林)。在中青年散文诗人的作品中,我感受着日渐远去的乡村意象与汹汹而来的都市意象的缠绕,归乡与漂泊、压迫与抵抗、疼痛与慰藉、变化与恒在、虚无与实有、古典与现代等多重复杂主题的交织:"洪堡镇是我的故乡,许多不能食的东西正在生长……鲜花模样的水泥得寸进尺","石头像故乡难以吞咽的避孕药"(方文竹);"从家乡出发,我们的梦想远大。多少次夜阑梦回,老家的气息迎面而来,我们全身的每一滴血啊,即刻纵情欢呼……"(栾承舟);"籍贯属于乡村的瓦有一天走进城市……都不会说话了,语言生锈,瓦只会像瓦一样,咧着幽深的嘴"(冯杰);"人们正像一群赌徒一样抵押着一切……我把行程抵押给铁轨,把痛苦的生活抵押给虚无的理想"(郑小琼);“西河地的少年有一车忧伤推不动了。夏天推不动,秋天推不动……从此给我,西河地的绝望……”(李俊功)。

回望故乡或从故乡出发,都是身内的迷惘与身外的疏离,诗人成了“被秋风打击过的人,只剩下‘悲’的上半部分,‘伤’的左半部分”(徐俊国),“汗水最贱是现在的社会行情”(陈劲松)中,“站在一堆废墟里观察阳光,这是多么悲伤的事情”(老秋),又是一种怎样地抗斥与突围?怎样地想望与呐喊?

所以,“从今天起,我把大地上每一个村庄都叫故乡,把每一个人都认作我的乡亲”(黄恩鹏)……

百年散文诗的还乡之旅是以悲悯高贵的情怀筑就的,是以澄净深邃、“美而幻”的诗境铺垫的。“美而幻”是耿林莽老先生对散文诗的审美观——“如果换一个提法……那便是人们常说的‘意境’”。散文诗作为与古体诗、自由诗并列的三大诗体之一,须着力于传统诗学精髓,以意象为灵魂,营造韵味沛然的意境,而语言的锤炼氤氲可谓关键。一百多年之前梁启超就呼吁诗“要新意境”“要新语句”,最近又有文艺批评家提出“词语问题大有可能是新诗面临的基础性问题,甚或根本性难题”(敬文东),这对当下散文诗创作同样具有切肤之意。我想以欧阳江河的诗句与同龄及更年轻的散文诗人们共勉——“整个秋天我写一首诗/为了救出几个字”。多么希望自己晚年时也能像博尔赫斯那样自豪地说:“我品尝过众多词汇……”

充作此卷主编,内心诚惶诚恐。个人眼光功力所限,势必多有遗珠,唯请海涵。

目　录

鲁　迅

鲁迅(1881—1936),原名周樟寿,后改为周树人,笔名鲁迅,字豫山、豫亭,后改名为豫才,浙江绍兴人。1927年出版《野草》。

风　筝

北京的冬季,地上还有积雪,灰黑色的秃树枝丫叉于晴朗的天空中,而远处有一二风筝浮动,在我是一种惊异和悲哀。

故乡的风筝时节,是春二月,倘听到沙沙的风轮声,仰头便能看见一个淡墨色的蟹风筝或嫩蓝色的蜈蚣风筝。还有寂寞的瓦片风筝,没有风轮,又放得很低,伶仃地显出憔悴可怜模样。但此时地上的杨柳已经发芽,早的山桃也多吐蕾,和孩子们的天上的点缀相照应,打成一片春日的温和。我现在在哪里呢?四面都还是严冬的肃杀,而久经诀别的故乡的久经逝去的春天,却就在这天空中荡漾了。

但我是向来不爱放风筝的,不但不爱,并且嫌恶他,因为我以为这是没出息孩子所做的玩意。和我相反的是我的小兄弟,他那时大概十岁内外罢,多病,瘦得不堪,然而最喜欢风筝,自己买不起,我又不许放,他只得张着小嘴,呆看着空中出神,有时至于小半日。远处的蟹风筝突然落下来了,他惊呼;两个瓦片风筝的缠绕解开了，他高兴得跳跃。他的这些，在我看来都是笑柄，可鄙的。

有一天，我忽然想起，似乎多日不很看见他了，但记得曾见他在后园拾枯竹。我恍然大悟似的，便跑向少有人去的一间堆积杂物的小屋去，推开门，果然就在尘封的什物堆中发现了他。他向着大方凳，坐在小凳上；便很惊惶地站了起来，失了色瑟缩着。大方凳旁靠着一个蝴蝶风筝的竹骨，还没有糊上纸，凳上是一对做眼睛用的小风轮，正用红纸条装饰着，将要完工了。我在破获秘密的满足中，又很愤怒他的瞒了我的眼睛，这样苦心孤诣地来偷做没出息孩子的玩意。我即刻伸手折断了蝴蝶的一支翅骨，又将风轮掷在地下，踏扁了。论长幼，论力气，他是都敌不过我的，我当然得到完全的胜利，于是傲然走出，留他绝望地站在小屋里。后来他怎样，我不知道，也没有留心。

然而我的惩罚终于轮到了，在我们离别得很久之后，我已经是中年。我不幸偶尔看了一本外国的讲论儿童的书，才知道游戏是儿童最正当的行为，玩具是儿童的天使。于是二十年来毫不忆及的幼小时候对于精神的虐杀的这一幕，忽地在眼前展开，而我的心也仿佛同时变了铅块，很重很重地堕下去了。

但心又不竟堕下去而至于断绝，它只是很重很重的堕着，堕着。

我也知道补过的方法的：送他风筝，赞成他放，劝他放，我和他一同放。我们嚷着，跑着，笑着。——然而他其时已经和我一样，早已有了胡子了。

我也知道还有一个补过的方法的：去讨他的宽恕，等他说，“我可是毫不怪你呵。”那么，我的心一定就轻松了，这确是一个可行的方法。有一回，我们会面的时候，是脸上都已添刻了许多“生”的辛苦的条纹，而我的心很沉重。我们渐渐谈起儿时的旧事来，我便叙述到这一节，自说少年时代的糊涂。“我可是毫不怪你呵。”我想，他要说了，我即刻便受了宽恕，我的心从此也宽松了罢。

“有过这样的事吗？”他惊异地笑着说，就像旁听着别人的故事一样。他什么也不记得了。

全然忘却，毫无怨恨，又有什么宽恕之可言呢？无怨地恕，说谎罢了。

我还能希求什么呢？我的心只得沉重着。

现在，故乡的春天又在这异地的空中了，既给我久经逝去的儿时的回忆，而一并也带着无可把握的悲哀。我倒不如躲到肃杀的严冬中去吧，——但是，四面又明明是严冬，正给我非常的寒威和冷气。

（选自《现代散文诗选》，湖南人民出版社，1982 年）

雪

暖国的雨，向来没有变过冰冷的坚硬的灿烂的雪花。博识的人们觉得他单调，他自己也以为不幸否耶？江南的雪，可是滋润美艳之至了；那是还在隐约着的青春的消息，是极壮健的处子的皮肤。雪野中有血红的宝珠山茶，白中隐青的单瓣梅花，深黄的磬口的蜡梅花；雪下面还有冷绿的杂草。蝴蝶确乎没有；蜜蜂是否来采山茶花和梅花的蜜，我可记不真切了。但我的眼前仿佛看见冬花开在雪野中，有许多蜜蜂们忙碌地飞着，也听得他们嗡嗡地闹着。

孩子们呵着冻得通红，像紫芽姜一般的小手，七八个一齐来塑雪罗汉。因为不成功，谁的父亲也来帮忙了。罗汉就塑得比孩子们高得多，虽然不过是上小下大的一堆，终于分不清是壶卢还是罗汉，然而很洁白，很明艳，以自身的滋润相黏结，整个地闪闪地生光。孩子们用龙眼核给他做眼珠，又从谁的母亲的脂粉奁中偷得胭脂来涂在嘴唇上。这回确是一个大阿罗汉了。他也就目光灼灼地嘴唇通红地坐在雪地里。

第二天还有几个孩子来访问他；对着他拍手，点头，嬉笑。但他终于独自坐着了。晴天又来消释他的皮肤，寒夜又使他结一层冰，化作不透明的水晶模样，连续的晴天又使他成为不知道算什么，而嘴上的胭脂也褪尽了。

但是，朔方的雪花在纷飞之后，却永远如粉，如沙，他们决不粘连，撒在屋上，地上，枯草上，就是这样。屋上的雪是早已就有消化了的，因为屋里居人的火的温热。别的，在晴天之下，旋风忽来，便蓬勃地奋飞，在日光中灿灿地生光，如包藏火焰的大雾，旋转而且升腾，弥漫太空，使太空旋转而且升腾地闪烁。

在无边的旷野上，在凛冽的天宇下，闪闪地旋转升腾着的是雨的精魂……

是的，那是孤独的雪，是死掉的雨，是雨的精魂。

（选自《中国散文诗选》，广西人民出版社，1983 年）

郭沫若

郭沫若(1892—1978),原名郭开贞,四川乐山人。全部作品编成《郭沫若全集》38卷。

鹭　鸶

鹭鸶是一首精巧的诗。

色素的配合,身段的大小,一切都很适宜。

白鹤太大而嫌生硬,可不用说,即如粉红的朱鹭或灰色的苍鹭,也觉得大了一些,而且太不寻常了。

然而鹭鸶却因为它的常见,而被人忘却它的美。

那发白的蓑毛,那全身的流线型结构,那铁色的长喙,那青色的脚,增之一分则嫌长,减之一分则嫌短,素之一忽则嫌白,黛之一忽则嫌黑。

在清水田里时有一只两只站着钓鱼,整个的田便成了一幅嵌在琉璃框里的画面。田的大小好像有心人为鹭鸶设计出的镜匣。

晴天的清晨,每每看见它孤独地站立在小树的绝顶,看来像不是安稳,而它却很悠然。这是别的鸟很难表现的一种嗜好。人们说它在望哨,可它真是在望哨吗?

黄昏的空中偶见鹭鸶的低飞,更是乡居生活中的一种恩惠。那是清澄的形象化,而且具有了生命了。

或许有人会感到美中不足，鹭鸶不会唱歌。但是鹭鸶的本身不就是一首很优美的歌吗？——不，歌未免太铿锵了。

鹭鸶实在是一首诗，一首韵在骨子里的散文诗。

一九四三年十月三十一日

（选自《文艺生活》，1943 年）

茅　盾

茅盾(1896—1981),原名沈德鸿,字雁冰,笔名茅盾,浙江桐乡人。代表作有小说《子夜》《春蚕》等。

卖豆腐的哨子

早上醒来的时候,听得卖豆腐的哨子在窗外呜呜地吹。

每次这哨子声引起了我不少的怅惘。

并不是它那低叹暗气似的声调在诱发我的漂泊者的乡愁;不是呢,像我这样的 outcast,没有了故乡,也没有了祖国,所谓"乡愁"之类的优雅的情绪,轻易不会兜上我的心头。

也不是它那类乎军笳然而以其小规模的悲壮的颤音,使我联想到另一方面的烟云似的过去;也不是呢,过去的,只留下淡淡的一道痕,早已为现实的严肃和未来的闪光所掩煞所销毁。

所以我这怅惘是难言的。然而每次我听到这呜呜的声音,我总抑不住胸间那股回荡起伏的怅惘的滋味。

昨夜我在夜市上,也感到了同样酸辣的滋味。

每次我到夜市,看见那些用一张席铺挡住了潮湿的泥土,就这么着货物和人一同挤在上面,冒着寒风在嚷嚷然叫卖的衣衫褴褛的小贩子,我总是感得了说不出的怅惘的心情。说是在怜悯他们吗?我知道怜悯是亵渎的。那么,说是在同情于他们吧?我又觉得太轻。我心底里钦佩他们那种求生存的忠实的手段和态度，然而，亦未始不以为那是太拙笨。我从他们那雄辩似的“夸卖”声中感得了他们的心的哀诉。我仿佛看见他们吁出的热气在天空中凝集为一片灰色的云。

可是他们没有呜呜的哨子。没有这像是闷在瓮中，像是透过了重压而挣扎出来的地下的声音，作为他们的生活的象征。

呜呜的声音震破了冻凝的空气在我窗前过去了。我倾耳静听，我似乎已经从这单调的呜呜中读出了无数文字。

我猛然推开幛子，遥望屋后的天空。我看见了些什么呢？我只看见满天白茫茫的愁雾。

（选自《小说月报》，1929年2月10日第20卷第2号，署名M.D.）

李金发

李金发(1900—1976),原名李淑良,广东梅县人。著有诗集《微雨》《食客与凶年》等。

小乡村

憩息的游人和枝头的暗影,无意地与池里的波光掩映了:野鸭的追逐,扰乱水底的清澈。

满望闲散的农田,普遍着深青的葡萄之叶,不休止工作的耕人,在阴处蠕动——几不能辨出。

吁! 无味而空泛的钟声告诉我们"未免太可笑了"。无量数的感伤,在空间摆动,终于无休止亦无开始之期。

人类未生之前,她有多么休息和暴怒:狂风满野,山泉泛生白雾,悠寂的长夜,豹虎在林间号叫而奔窜。

无尽的世纪,长存着沙石之迁动与万物之消长。

(选自《异国情调》,华夏出版社,2008 年)

胡　风

胡风(1902—1985),原名张光人,湖北蕲春人。现代文艺理论家、诗人、文学翻译家。

野　火

依然亲切地怀念着,虽然儿时的湖山已在云烟以外的以外。“儿时”也渐渐离我而去,如远山一样的,淡了淡了。

也是这样的深冬,也是这样的深暮,怀着跳跃的心情跑出门来。啊,苍苍茫茫的遥空里正浮着一抹火焰!喧叫了一阵以后,先先后后地就集拢了一堆人,翘望着那遥空里的横岗山上的野火。对着那浮映在寥廓的天半,凝住了似的火影所幻出的飘忽的故事,是美丽得多么稚气呀!等到睡意醺浓,故事模糊的时候,浴在微黄的灯火里的母亲的影子就亲亲而温暖了。

依然亲切地怀念着,虽然儿时的湖山已在云烟以外的以外,“儿时”也渐渐离我而去,如远山一样的,淡了淡了。

也是这样的深冬,也是这样阴沉的午后,当感到一切游戏都呆重无味时,萋萋的衰草上就着上了一把火。渐渐地蔓延开去,带着“吱吱”的响声和焦枯的烟味。

在昏黄的归路上偶然回首,也还能得到散漫的星星火影。

依然是寂寞的冬，依然是阴沉的午后与苍茫的深暮，而母亲，儿时，儿时的湖山，儿时的湖山里的野火呢？

远了，远了……

别了儿时，抱着无涯际的“做客”情怀，凄凄清清地辗转着，而又频频向过去回首的生涯啊！

就在几天前，曾同一个朋友在这古城的荒山间浪游，踏着烧去了衰草的野地，前面的遥空正横着淡淡的远山的影子，怀念之感就如暮色般罩上了心头。

既未能高歌毁灭之歌，自然还希望能遇到点缀在儿时生活里的野火似的活物，在这苍茫寂寞的来日，在这苍茫寂寞的人间。

彳亍，彳亍，我远远地望着……

一九二八年一月

（选自诗集《野花与箭》）

梁宗岱

梁宗岱(1903—1983),广东新会人。出版诗集《晚涛》和译作多种,在《小说月报》等刊物上发表多篇散文诗。

归 梦

飘忽迷幻的梦里——我跋涉着那迢迢的旅路,回到乡园去。

暮色苍凉,风光黯淡中,母亲正倚闾望着。门前塘边的青草地上,弟妹们的嬉游如故;而老母的慈颜,已添上无限的憔悴。不禁放声大哭!醒来,正是春暮夜静的深处,碧纱窗外,剩月朦胧,子规哀啼。从惨散凄恻的留春曲里,犹声声地踱来阵阵落红的碎香。

只是默默地在床上微怔着……

儿时的梦影,又残云般浮现出来了。

是一个严冬的霜夜,不知怎样的,迷离地踱到一处无际的荒野去:漠漠的赤沙,漫漫的长途。凄烟迷雾里,只见朔风怒号,寒月苦照,惊鸿凄泣,怪鸥悲鸣。小心里,惶然悚然,只剩有寂寞,只剩有荒凉!

再不敢久留了,急返身跑回家中。母亲正淘米厨下。见了窘蹙、彷徨、容倦的我,百忙中,无可奈何地,把那乳露一般的淘米的水浆给我喝了，温温的给我慰安偎存了。怯懦而恐怖的小心，迸着了慈母的抚爱，不觉哇的一声哭醒来，却依然安卧在伊甜温的软怀里。伊手儿拍着，低声唱着："睡吧，宝宝，睡吧，妈在这儿呢。"

母亲啊！当我从这孤苦崎岖的旷野，回到你长眠的乐土的时候，你还是一样的，把那淘米的水浆给我喝吗？

（选自《小说月报》，第14卷第7期）

丽　尼

丽尼(1909—1968),原名郭安仁,湖北孝感人。著有《黄昏之献》《鹰之歌》《白夜》等。

二月的原上

雪融化在二月的原上。

我对你说:“如今我会正在猎着海狸了,假使我是在我的故乡。”

你似是有一些怅惘。

我说:“当雪花纷舞在海沫的肩上,在石岩之上我会独自一人持着我的长枪;故乡的姑娘们称我为骄傲与残忍的君王。”

“但是,在那里我不曾见过阳光。”

太阳呈现着在二月的原上。

你怅惘着,睇视着远地的山岗,你是在思忆着一个远方,没有给我以回响。

啊,你,你是我的女王!

你的赤足安放着在雪的原上,我如同你的奴仆斜倚着在你的身旁。我不敢给你一个摸抚,因为你保持了你的端庄。

我于是而有了一些惆怅。

你对我做出了低声的歌唱。

但你总是吝惜着你的赐予，于是而使得我在心底感觉了悲伤。

我怀念着我的故乡。

当我猎着海狸的时候，在我的身旁是追随着无数我故乡的姑娘，然而那是在我的故乡。在这里，你做了我的女王。

你的眼睛说出了你的冥想。

你幻想着一个辽遥的远方。

二月的积雪铺满着山岗，那山岗如今织成了你的遐想。

我的故乡如今是大海的茫茫。

你没有微笑，端庄得如同一座神像。照着你的脸面的是二月的阳光，环绕着你的身体的是你的白色的群羊。

雪融化在二月的原上。

一九三二年二月

素　描

潮水挟着青草和木片缓缓地流了来，几乎是不使意地，要把我们的桥淹没了。

啊，这小河今天是多么欢乐啊！

因为是雨后，蛙们欢唱了，唱得不高，也不熟练。小的生命们，还不曾学会一个更巧妙的歌曲呢。

不是六月了吗?

小羊站在河边,不吃青草,只蠢笨地望着河里有鱼跳出水来,或者是对着那远处树林上头的淡烟做着痴想。

啊,这美丽的夏啊,使它记起了春天。

陌上,如今不正有人在轻轻地走着吗?

一九三一年六月

(选自《黄昏之献》,1935 年 12 月)

焦菊隐

焦菊隐(1905—1975),天津人。出版散文诗集《夜哭》《他乡》。

槐　香

微雨之后,手拉了亲密的朋友,在昏昏的月光下,细细谈心,无意间来到了街头静处,便觉得一股清香,有如桂花的纯细,原来我们已进了槐木林里。

仰头望一望槐花,美丽似一位挂孝的女子。我不禁心中奔腾起无名的忧郁——想失意人如果到了此地,他当怎样地难过,怎样地顾槐花清香而自怜?槐花香了,游人如织;槐花谢了,游人散去。在槐木虽不觉得有多少悲哀,而失意人望见就触景生情,恨不得一时就入最后的安息!

槐花尚在扬眉吐气地弥散着香味,他似乎不知香味终尽时的孤寂。虽然有人劝槐花稍敛踪迹,而清香却仍然随雨后的微风吹来吹去。我们在这恼人的槐香下,走来走去。稀云边的月光,也在忽来忽去。

五月十日夜半

(选自《中国散文诗选》,广西人民出版社,1983 年)

李广田

李广田(1906—1968),山东邹平县人。主要著作有诗集《春城集》《李广田诗选》等,散文集《画廊集》《日边随笔》等。

井

今夜,我忽然变成了一个老人。

我有着老年人的忧虑,而少年人的悲哀还跟随着我,虽然我一点也不知道:两颗不同滋味的果子为什么会同结在一棵中年的树上。

夜是寂静而带着嫩草气息的,这个让我立刻忆起了白色的日光,湿润的土壤和一片遥碧的细草,然而我几乎又要说出:微笑的熟知的面孔,和温暖而柔滑的手臂来了。啊!我是多么无力呀!我不是已经丝毫不能自制地供了出来吗?我不愿再想到这些了。于是,当我立定念头不再想到这些时,夜乃如用了急剧的魔术,把一切都淋在黑色的雨里,我仿佛已听到了雨声的叮当。

夜,暗得极森严,使我不能抬头,不能转动我的眼睛;然而我又影影绰绰地看见:带着旧岁的枯黄根叶,从枯黄中又吐出了鲜嫩的绿芽的春前草。

我乃轻轻地移动着,慢慢地在院子里逡巡着。啊!叮当,怎么的？梦中的雨会滴出这样清脆的声响吗？我乃更学一个老人行路的姿势，我拄着一支想象的拐杖，以蹑蹀细步踱到了井台畔。

叮当，又一粒珍珠坠入玉盘。

我不知道我在那儿立了多久，我被那种慑服着夜间一切精灵的珠落声给石化了，我觉得周身清冷，我觉得我与那直立在井畔的七尺石柱同其作用：在负着一架古老的辘轳和悬在辘轳上的破水斗的重量，并静待着，谛听破水斗把一颗剔亮精圆的水滴掷向井底。

泉啊，人们天天从你这儿汲取生命的浆液，曾有谁听到过你这寂寞的歌唱呢？——当如是想时，我乃喜欢于独自在静夜里发掘了秘密，却又感到了一种寂寞的侵蚀。

今夜，今夜我做了一个夜游人，我的游，也就在我的想象中，因为我的脚还不曾远离过井台畔。

（选自《雀蓑记》，文化生活出版社，1939 年）

阿　垅

阿垅(1907—1967),原名陈守梅,又名陈亦门,曾用笔名S. M,浙江杭州人。"七月诗派"重要作家。

土

黄土的原,黄土的车辙,黄土的风,黄土的断岸。

黄土缓慢地犁掘着,尾巴摇摆不定,赭黑的新土波浪一样跟着它的足印翻涌而起,散发着浓烈、湿润的香味。这土,每年要耕作几次,种麦,种玉蜀黍、种马铃薯。现在小米已经成长,赭赤的或者绿的穗子差不多有一尺长,像家养的狗的尾巴那样在日光里温良地垂沉着,一亩饱满的土地聚集了一千只吵闹的麻雀。同时,旁边的雨后的菜地里,薄弱的菜叶突然青翠如滴的强大,茁壮,有纹理细密复杂如绣如织的可爱的皱褶。勤劳的土,丰收的土,良善的土啊!

农民最爱土地。

因为他们的生活,和他们的作物接近,他们的生命,是植物倾向的吗?

因为他们工作,工作于完全和朴拙的沉默,他们也被践踏于脚,被践踏于污秽甚至卑贱,有同一的,相依的命运吗?

因为它给,无所不给,他们收刈,使生活满足,生命繁衍吗？……

他们爱它，只是因为他们懂它。生命由土地所给的，那是原始的、保守的。通过劳动创造，土地和劳动全部结合，它才发酵，开花。所以人间有碧苗，金谷，也有赤花，红果，有世界性的大电气事业，有绝对真理在上，有万人同醉的诗章，有永远在前的理想，有至善而全能的集团。

所以，兵士也最爱土地。他们和农民达到同等的恳切，并且更为热情。农民是以艰辛的汗渗透大地的，而他们以圣洁的血保证解放，农民始终不倦于播种和收获，而他们顽强于战斗，慷慨于牺牲。

从土，从农民，从兵士，产生了我们今天的新爱国主义，向侵略的落日旗奋举了我们的铁拳。

因为，土本属农民和兵士自己所有，将为农民和兵士自己所有，并且必须为农民和兵士自己所有的。

（选自《现代文艺》，1942 年第 5 卷第 3 期）

陆 蠡

陆蠡(1908—1942),浙江天台人。著有《海星》《竹刀》《囚绿记》等。

蛛网和家

家,是蛛网的中心,四面八方的道路,都奔汇到这中心。

家,是蛛网的中心,回忆的微丝,有条不紊地层层环绕这中心。

人是不比蜘蛛聪明,当蜘蛛乘着春风做冒险的尝试时,往往陷于不能预知的命运,而人们的憧憬,又往往是世外的风土人情。

小小的虫,撒下多少无人补缀的尘封的网!

游子的家呢?只有脑中留着依稀相识的四面八方的道路和残缺不全的回忆而已。

一九三三年

(选自《海星》,文化生活出版社,1936 年)

唐　弢

唐弢(1913—1992),浙江镇海人。著有散文诗集《落帆集》。

我来自田野

我来自田野,沃原培植我的童年,泥土使我结实,而生活却召我以工作。每天,天才光动,我一骨碌爬起身,帮着长工们整理农具,吃力地负身垒头。天外,那儿是数不清的畎畦,望不尽的阔野,虽然种着的多半是地主们的淫靡和逸乐。但这地皮是榨不尽,也刮不完的,它还允许我们栽下一颗小小的希望,在泥土里发芽,茁长,却又催五月的南风带来收成的愉快;菜花黄后,麦子渐老,田禾收完,大豆又绿遍了高地。谁说这不是黄粱旧梦?卖尽劳力,望到年月,而伴着我们的依然是逼人的穷婆!

我们没好,我们是不会好的!

我来自田野,雨露灌溉我的童年,风霜使我强健,而生活却召我以工作。每天,天才光动,我一骨碌爬起身,打扫净栏房里的粪泄,把牲口赶出门去。天外,那儿有结队的羊群,独步的稚牛,绿茵里缀上了黄斑白点,低头徐啮,就这样默守着宇宙的静穆。每当夕阳西下,暮鸦曳着炊烟回林的时候,它们就在我的呼唤里集合，踏着自己的蹄影，步入了锁住自由的栏房，以皮肉换取豢养，以辛劳换取鞭策，这就是生命的意义！嚼着苦汁走完了冗长的路途，我们究竟比牛羊聪敏了多少！

我们没好，我们是不会好的！

于是，我辞别田野，跨过海，投进异样的人群，如撩取水面的影子，我追捕着生活的美梦。为了争取自由，我才戴上桎梏；为了袭致光明，我才沉入黑暗。嗅过了铜臭的气味，又去看工头的面目，熬住苦痛，磨平头角，一丝影子掠过我的脑门，我来自田野。

基督？然而在我的世界里没有神。我爱摩西的杖，点化江河的清流泛起鲜血（这可不是神话）。它是天边的长虹，人间的毒蛇。我把它埋入心底，因为我的心是泥土做成的。广阔，厚实，肥沃，有一股清幽的气息，心是田野。

一九四〇年六月一日

童　年

夜应该是黑暗的吧，然而我却经历了一个并不黑暗的夜，你也许以为那晚上有月亮，有星，再不然便是有灯光或者火炬，但都不是。只因为在我的寂寞的记忆里悬挂着一个笑脸，它照亮了我的童年。

笑脸照亮了我的童年。

朝阳爬上海面，雾气散了，一万颗金星在波涛上跳动，第一线春光印进了小小的心，我在紫云英的绿茵上打滚，在暖洋洋的潮水里濯脚，听鹧鸪在嫩绿丛中试着它的新声，杨柳枝头盘绕着青油油的潮气，不知道这是云，是雾，抑或是昨夜农家遗留下的炊烟？

白鸟在波涛上缓缓地翱翔，蓦地，像中了弹一样直落到水面，又霍地飞了上去，它已经找到了它的丰盛的早餐。

雄健的翼子在蓝天里划开一线笑痕，我的心里也漾起了一线笑痕。

心花开了，我笑着跳着，珍视我自己的童年。

在石榴花开得火一般红的时候，我骑上牛背，缓缓地踱过了绿的原野。

我唱着情歌，虽然并没有情人；我觉得自己是凯旋的英雄，虽然并没有打过仗。

看，这世界是多么幽秀，多么美丽。

这世界是多么幽秀，多么美丽。

夜，她在我回忆里留下难忘的倩影。

月是她的脸，一抹轻云是她的笑靥，几颗星星是她的眼睛，晚风吹过垂杨，这上面散布着她的风韵。

我在她的膝上跳舞。

我在她的怀里熟睡。

我笑着跳着，我的青春是一盆火，融融的是热烈，旺旺的是光明。

在童年的宝座上我跨着长虹，遨游于大漠似的天空，我撷着轻云，摘着星星。

童年，梦一般的童年。

童年，梦一般的童年。

我用着和山等量的悔恨，和海等量的懊恼，送青春逝去。

在山的尽头，海的边涯，不，在寂寞者的心底，我埋葬了我的童年。

（选自《落帆集》，文化生活出版社，1948年）

莫　洛

莫洛(1916—2011),原名马骅,浙江温州人。著有长诗《母亲》,抒情诗《太阳系》等。

播种者

你说:“播种者,是辛苦的。”

我说:“播种者,是无比的欢愉呀!”

布谷鸟畅鸣着。在蒙雾的林子里,在春晨的烟雨里,甚至在墨黑的夜里,它,这布谷鸟,都辛劳地啼鸣。

春天,是播种的季节。

春天,万物都把潜藏的生命的力,跟同希望,炸裂开来。——所有的种子,都挣破了硬壳或种皮;芽蕾,怀着新生的喜悦,突出泥层……

田畦,茫茫一片,散发出潮湿的泥土的气息。春雨洒过后,黑色的土粒,像吮足了乳浆的婴儿,肥胖胖的,密挤挤的,睡在田野里。

树林,由疏朗的,变成丛密的了;由苍灰的,变成翠绿的了……雀子在流穿着飞鸣。

春天，是繁荣的季节。

春天，让一切沉睡的都惊醒，让一切寒冷都消失，让世上所有有生命或无生命的东西，都欢喜而美丽。

但是，雨落着，雨落着……

但是，雾蒙着，雾蒙着……

而播种的人，是不怕雨也不怕雾的。他播着种子在田土里；播着无数的种子……

让无数的种子都发芽。

播种的人，不怕自己劳瘁，勤苦地工作。

……然而，你有看见过这样的播种者吗？

——这样的播种者：跣足，蓬头，在翳眼的雾雨中，跪在泞濡濡的泥土上，用两只手，弯曲了手指，在土壤里挖着，掘着；然后，仰起头，咬咬牙齿，坚决地，用沾着泥的双手，撕开自己的胸膛，捧出一颗血红的，热腾腾的心，放进土穴里；然后，又用沾着血和泥的双手，小心翼翼地，掩合了泥；又抚爱而珍重地，把泥土压实。最后，向四方望望，满足地倒下——就倒在这黑色的泥土上，红色的血泊中，嘴边，浮着殉道者一样的胜利的笑纹……

你看见过吗，这样的播种者？

——这样的播种者，在争自由的土地上，是无数无数的……

布谷鸟畅鸣着，在蒙雾的林子里，在春晨的烟雨里，甚至在墨黑的夜里，布谷鸟都辛劳地啼鸣。

春天，是播种的季节呀！

播种的人，播下无数的种子。

让所有的种子都发芽吧！

你说:“播种者,是辛苦的。”

但是,我告诉你:“播种者,当收获的时候,他是该多么快活呀!”

一九四二年春天

(选自《莫洛集》,岳麓出版社,2012 年)

陈敬容

陈敬容(1917—1989),女,祖籍四川乐山。著有诗集《老去的是时间》等。

投　掷

又望见河,又漫步在河的边岸了。

将落的太阳像一个红色灯笼挂在天际,仿佛还恋恋于临去的白日,将光辉久久地涂抹着银蓝的天空。

两个同伴琐细地谈说着一些故乡风物,一些远去或死去的亲属和友人。他们的语音融入黄昏,和光混一起变得模糊了。他们时而爽朗地笑,时而又轻声叹息。

我落入沉思,落入一些悠久的,被遗忘了的年月里,又从那儿走出,涉渡到一些较近的艰难的回忆……

而最后,转到了那不可知的未来的种种可能的描绘。

我们在石桥上停下来,看一会儿缓缓地流着的河水。远远的一条小路上,人们忙忙地走着,因为夜就要来了,黑暗将覆盖着整个河川、田野和那小小的村堡。向这暮霭里的江山投了最后依依的一瞥,我们也转身走向归路了。这回,年轻的同伴们有了长久的缄默。

我向春天,向春天的黄昏倾听,满怀着温柔。我在探求或是期待着什么吗？不呵，我只是有一点滞塞。我用力重重地呼吸一下，我要将所有春天的芳香一齐吸入我的灼热的脉管里。

于是我唱起一支温婉的歌。

温婉的四月夜呵，你的叛徒重又向你归来了，她在将自己整个地向你投掷。

一九四五年四月十日，白沙

夜 雨

带着酒，带着月光恬静地睡去，杂乱的梦不再来扰我了，却好像我自己是睡在一个梦里。

我醒来，窗上夜色迷茫，小小的雨滴在屋瓦上落着，给我酒后微渴的嘴唇，带来无限的湿意和清凉。

我清晰地醒着，在这微温的春雨的午夜。

青蛙鼓噪，杜鹃时远时近地啼唤……

在一切色调中，我喜欢在一片灰色或暗蓝色里涂上的一抹猩红；我喜欢草间流萤，原上野火同江上渔火；我喜欢水中落日，也喜欢万静的深山里一轮明月。

在一切音乐中，我喜欢那从一片和声里忽然升起的几个最强音，它们越过各种音色的湖沼，跳舞在寂静的草原上。我喜欢杨柳叶上的风，我喜欢深山里的瀑布。我喜欢寂静的苍穹里一声鹞鹰的锐鸣，和你，杜鹃，你的午夜的啼唤。

七年前在我一篇诗里写着：

我爱长长的静静的日子

……

我爱单色的和寥落的生——

可是现在，我要为你歌颂呵，生命，我要歌颂你的繁荣，不是那平坦的，而是突出在生之大路上的一些大树和巨石。

夜，春雨的午夜，烦躁着。

在这春雨的午夜里我醒来，从一个仿佛安置在梦中的恬静的睡眠里醒来。

那么，我是午夜的杜鹃吗？我是否要鸣唱？要不，我是窗外那棵高高的棕榈吧，它在自己的欢乐里眩晕。

夜，春雨的午夜，眩晕着。

一九四五年四月

（选自散文诗集《远帆集》）

刘北汜

刘北汜(1917—1995),吉林延吉人。出版散文诗集《荒原雨》。

荒

田野的秋天已经深了,霜也降落了。

那原该是肥沃的土地,繁生过稻和麦的土地,开遍过蚕豆花和菜花的土地上,早已生起了野草,现在连野草也枯萎了。

太阳像是在哭泣着,太阳的通体都哭泣了,以微弱的光芒照射着这片苍白的田地。

田地边上,山腰里,小河旁边,那些大大小小的村子也全荒芜了,没有了嘈杂的家畜的叫声。牛栏拆散了。猪瘦了,糠成了人们的食粮,狗也没有力量叫了。

小河上的独木桥不见了。山脚下的土地庙倒塌了。

姑娘们的发上不再有任何红色的、发亮的装饰了。

农人们全是沉默的,笑脸全不见了,每个人的眼里闪着一种光,越过荒芜的田野,向远方凝视着,苦痛而坚决。

无数荒凉的日子都被跨过了,而人群苦痛着,等待着突过更严寒的日子。

要活着,要突过严冬,人们都活得很坚定。

一九四七年二月

(选自《人的道路》,文化工作社,1949 年)

郭　风

郭风(1917—2010),原名郭嘉桂,福建莆田人。出版散文诗集《蒲公英和虹》《你是普通的花》等55部作品。

夜　霜

我沿着溪边的小径,要走回到村里去。

我看见稻草垛上,凝结着白霜。

我看见池沼边的草地上,凝结着白霜。

我看见村庄的木栅、篱笆,凝结着白霜。

我看见溪岸上的乌桕树上,梅树上,凝结着白霜。

月亮好像一枚冰冷的黄玫瑰。北斗好像几颗冰冷的宝石。我看见月光和星光把乌桕树和梅树的树枝,画出树影来,画在溪岸的草地上。

我深深地感动了。可真是的,我看见溪岸上的草地,凝结着白霜,好像一块无尽铺展的白色画布,上面画出了非常美丽的树影;好像墨笔画出来的浓墨色的树影、淡墨色的树影。

这一刻间,我忽地无缘无故地思念起一位友人,一位刻苦的、勤奋的、谦逊而又有点固执的画家来了。

豆芽菜

已经是炎夏。夏天。我们睡在水中间。而我们的航船，在我们的睡眠中，携带我们的逐渐觉醒以及有关生命形成和发展的构思在水中航行。

这是夏天。已经是炎夏。这是一次愉快的航行。没有人知道，在航行中间，按照我们的构思，把水的德行吸取并融化于我们的生命中间，并且使自己的生命一直走向一个开放的世界。我们把壳一一分裂开，吐出生命的芽，而又使自己雪白的茎形成，使它有如灯芯草在水中伸长。

于是，我们成为新的花卉、生命，心中融化着水的伦理和道义，它冰凉、清淡、新鲜，生气勃勃地对着夏天的、新的开放的天地。

犁　田

经过苦难的难以数计的鞭打，不屈的土地上，我的兄弟——农民的身影出现了。

他们用黑色的锄和犁，一下一下地挖掘着土地。泥土在黑色的锄和犁下面，开放着一朵一朵黑色的花朵。

因为，他们的胸间流动着对土地之深沉的爱，

所以，

他们能够驾驭沉重的犁具，使每一寸土地开花，
所以，
他们是土地永久的主人。

麦　笛

麦笛是愉快的笛子；

麦笛是我们村里每个人都会吹的笛子；是小孩子最喜欢的、天真的笛子；是大人也喜欢吹的笛子。

麦笛是拣一支新鲜的、才刈下来的麦梗做管子，便可以吹出很好听的音乐的简便的笛子。

呵，吹着麦笛，把收获的欢乐吹出来，把劳动的欢愉吹出来；把春麦的新鲜的香味谱着音乐吹出来。把田野的露水和朝阳的香味谱着音乐，从那小小的麦管里吹出来吧，把我们心中的梦想和希冀谱着音乐，从那小小的麦笛里吹出来吧。

吹吧，全村的集体的音乐团，我们每人手中有一支麦笛；这里，那里，到处吹着麦笛，吹着我们的艰苦的劳作的歌，吹着我们对于幸福的企望的歌吧。

一九四二年

（选自《鲜花的早晨》，花城出版社，1981 年）

白　峡

白峡(1919—2004),原名刘叶隆,山东巨野人。出版诗集《春耕》《春天的蓓蕾》(与人合集)。

家

在山村里,我立了门户。

——家就是一所茅屋。屋外没有围墙,也没有门,风自由地飘进,鸟自由地飞来。

我的心越过山里的迷雾,飞向一切陌生的地方。

于是,我拥抱青山。

于是,我拥抱海上的浪,高原上的风……

于是,我的小屋有八方的讯息:朝瞰夕霓,潮汐升降,花萌叶落,雷启电驰……

是谁立在高山之巅?啊,我心中有了无门之屋。

翠鸟·泥土

一道绿光穿破雾层飞来,

一串音波像飞泉在漫空溅开;

从此翠鸟把羽毛和血肉给了泥土。泥土从梦中惊醒，当雾渍散的时候，它捡一片光的粒子作自己的子孙，并以血浆来喂养。

从此推开了秋，推开了冬。

雕和雏

雕的路在云中。

它育雏却在山里。它把窝壁筑得很高很高，窝的下层堆着白骨，这骨有兽的，也有它们同类禽鸟的。

雕教它的孩子自幼先啄骨头，把尖嘴练得铁刃似的锐利，然后才来食肉……

雕的一代一代就是这样繁衍的。

雕的路在云中，云为雕开路。

（选自《星火》，1990 年第 7 期）

彭燕郊

彭燕郊(1920—2008),原名陈德矩,福建莆田人。出版诗集《彭燕郊诗选》,散文集《高原行脚》等。

雨 季

雨季快要过去的时候,我由远方回到家乡。

急躁的,暴跳的,豆粒那么粗的雨珠,并不像江南的缠绵的梅雨,那么低切,那么温情。它扫过海波,扫过田原,狂舞着,纵情地和地上的一切接触。而且哗笑——那样放肆的大笑呵,扫过我的窗户。

窗外也无非是那些景色,从小就看厌了的,不曾给南归的游子带来一些童年的美好的回忆。依旧是那些屋顶,树梢,古老的棕色瓦的连缀,和稀疏的叶片的排列。

我倒希望雨来新鲜一些我的遐思……

间或有雨丝飘进窗户,夹着点点阴凉。

而雨雾在窗外蔓延着,窗外是一片白茫茫的雨景。隐约地,原是十分耐想而幽美的吧;然而,刺耳的檐滴和瓦槽里的急流,把它变为焦躁、沉闷的了。

忽地,我猛抬起头,看到那座青山,在蒙蒙的雨雾里,朦胧地,如一个倦游者,休憩在云天下。

我告诉母亲发觉屋漏了,她端来一面木盆。

滴漏很爽朗地打着木盆，像在弹奏着吉他，声音是忧郁的，辽远的。

经久未回到家乡，我爱择一个晴天，到四野去徜徉一下。我惦念着南国的棕榈，龙舌兰，南国的桂圆树，和海，和榕树下的番莲花，和甘蔗亩旁边的风信子……

而雨缠绵着。就像会永远这样地延长下去似的，十年，百年，几万年……

我纳闷着，想起了一个青年朋友所说的"灰色调"。难道，它是雨织成的？或且，是像雨样无餍地以无数条细丝络绾住人们的心的吗……我伫望着新晴。

双腿渐渐酸软，我伏下来了，靠着窗口。

——说我是在向雨哀求吗？不是的！我是不哀求的。透过阴云的微光，正报告着阳光的不死，和远天外的丽晖。被骚扰在雨声的淅沥里，我仍旧听闻到阳光的呼唤……

我的衷心所向新晴呵，在此地我虔敬地向你顶礼。

雨声扩大着，雨下得更大了……

我向云外的远天膜拜，我伏在窗下……

豆荚花

朋友送我一包豆荚花的种子，那是远方平原上的阳光所养育的。

我把它种在露台上的瓦盆里，郑重地，像种下了自己全部的梦。

我没有见过这种花的样式，最好，依照我的希望，它应该是像牵牛花似的，全蔓延在壁上，会向四处深处蜷须，而且挂满窗前，密密地，开着花，就像一面窗帘……

早起时，我总爱向瓦盆凝望些时候。而灌溉那些安睡在泥土里的种子，已成为我的主要的日课。我也常常到友人那里去，他那边也种了的，我想看看。然而，豆荚花并没有萌芽。

有一个年轻的母亲，因为难产，婴孩夭折了，昏迷过去的她还在呼喊着微弱的、凄颤的要求："给我看看……"——我的心情也和这位母亲一样。

而，想起了为母者的苦心，我是要觉得自己也在昏迷着的。不是吗？我已经热病着而且被投在一个没有通风的兽窟里，呼吸着难闻的兽粪味，听着蚊蚋的嗡营……

先天不足的生命是可悲的，在这里，没有远方平原上亮丽的阳光，瘦瘠的沙土，是比不得远方平原上的黑土的……但我强烈地希望它能够生长，蔓延，开花，愉悦和安慰我这踽处在困苦里的遐思……

有一天，当我以感恩的唇去亲吻那冒出的绿芽，我将让不由自主的欢笑摇落眼泪，夸耀着，自认我是世上最幸福的一个。

如果豆荚花能知道我的心意，如果豆荚花也能说出它的梦和未来，如果它也热望着能够早早和我相见。

那深埋在土里的微小的生命的胚珠，如果也有探首于阳光下的冲动，它将不会辜负我的期望，它将以和蔼的、友爱的笑意，向我开放……

（选自《现代文艺》，1941 年）

徐开垒

徐开垒(1922—2012),浙江宁波人。著有《芝巷村的人们》《徐开垒散文集》以及《巴金传》等。

归 去

跋涉过多少山,多少水,游子曾经离家远去。

而今又回来了,是为了无数封家书的催促,几百行母亲思念的眼泪而来的。

自远而近的旅址,寄发着打满了黑色油印的信,纾解着母亲渴望的心绪,这是预告游子归程的平安。

重见的那一天,有一个静穆的黄昏。

昏黄的灯光下,游子的脸是清癯的。

想起过去的一连串苦恼的日子,于是泫然相对的眼,把噙着的泪珠随灯花陨落了。

不多几天,一批一批戚串故旧,一一登门相访。

不管是负了多少岁月的重累,大家都说风尘仆仆的归来者,依然大度、宽容和认真。

而游子却为了这里人和物的变动,有了一些意外的惊愕。

纵然邮递是那么迟缓，交通是那么阻梗，而绿衣人自从远地的游子归来后，却每天都给带上许多信。

拆着那接续不断的信，显然地，游子对于这里是有了不可耐忍的烦躁了。

还不曾忘记辽阔的远方呢！

于是跋着山，涉着水，他又飘然远去。

远地成了游子的家。

游子的家是在远地呀！

独　行

因为偶然的旅程，我又登上这村庄的高山。负着过多的重累，我几乎恹恹而病了。

我乃不得不倒身坐在那六年前所坐过的地方。

望着周围的古松，我有了一点岁月易逝的感喟。

六年前，不是也有过这样的黄昏，我们并肩来到此地的吗？

数着山脚村中的房屋，指寻着我们相邻的住所，直待到黄昏星挂上这天边，我们才又在那棵古老的松树上，互相刻下对方的名字，牵着手下山去。

感谢你曾经使我感到幸福。

迁出这作为逃难之所的村庄之后，一年，两年，我们渐渐地疏远了。

六年后的今日，即使再相见，怕也未必相识吧。

看我这迢迢的旅途的奔波者，没有同伴，没有随从，连自己的影子也没有跟着了，——除了一点点自私和矜持。

坐在古松下，仰头瞧见昔日刻下的名字，我觉得我应该快乐。因为我知道你必幸福。

至于我又登上这村庄的高山，坐在古松的面前，那只是因为偶然的旅行，负着过多的重累，使我不得不在此喘一口气罢了。

（选自《徐开垒散文自选集》，文汇出版社）

羊　翚

羊翚(1924—2012),原名覃锡之,四川广汉人。出版散文诗集《晨星集》,散文集《彩色的河流》等。

土　屋

我的矮小的土屋,坐落在荒凉的山坳里。飞鸟不来筑巢,山溪不在你身旁唱歌——孤独得只剩下自己的影子了。

我的土屋,为什么要在这里呢!

早上,炊烟升起的时候,乳白的晨雾同你在一起了。

黄昏,篝火点燃的时候,灿烂的晚霞同你在一起了。

夜晚,松明熄灭的时候,沉默的大山同你在一起了。

没有邻居,甚至没有一棵树,只有野兽的足迹。

我的小土屋,为什么要在这里呢?

你的门前,开垦出一小块荒地,大山有了绿色。

你的篱笆上,爬上了几朵牵牛花,证明春天曾经从这里经过。

你的墙上,挂着弓和弩;你的檐下,悬着兽皮。

在这只有麋鹿经过的地方,出现了一条人走的路——仿佛在向大山宣告:这里是猎人的家!

谁来注意:世界上还有这一所孤单的小土屋呢?

当傍晚山风怒呼而过的时候,我听见峰顶的松涛像海啸般呼啸——这座土屋像大海中的一叶孤舟了。

当夜里豺狼嗥叫的时候,我从狭窄的窗口望见一双绿荧荧的眼睛——这座小土屋像是陷落在兽群中的一个孤岛了。

当晨星还未消逝的时候,灶前已经出现一缕火光——这座小土屋比大山更早地苏醒了。

寒冷而温暖的小土屋,你为什么把我诞生在这里呢?

你以大山为邻,与兽群为伍,终于生存下来了。

你是倔强的,孤独的——证明在这里不止生存一代了。

不用写一本教科书,我也知道:我是山民的后裔,属于一个驱鹰猎兽的民族。

我的曾祖父,携着妻子,挑着儿子,逃荒在这里来了——他是大山的创业者。

我来到人世的时候,他已经很老了,老得忘记了年纪——在他上百岁以后,就再也不计算年龄了——只能用射杀的上千只豺狼虎豹的数目来估计他活了多少岁月。

他浑身是同野兽搏斗的伤痕;临终,却给我们留下一句话:野兽是怕人的!……

我是一个失掉了弓和弩的后代,却选择了这支柔弱的笔。

今天,我要离开创业的祖先而去了。

我的小土屋,原谅你这不肖的子孙吧,祝福你孱弱的儿子吧!

让他记取猎人的遗言，带上这支笔，到世界上去漂流吧！……

磨　坊

我的古老的磨坊，比祖父还要衰老。

你的墙壁是黑色的，这是你多少年油灯烟熏的痕迹；你的迟缓转动的石磨，像老人残缺的牙齿，可怜的粮食，我们世世代代就在你的齿缝中觅取一点。

你的灯火，同星光一样，夜夜落进溪水里。

你的呻吟，同溪声一样，夜夜融进我寒冷的梦里……

一九四五年于四川古蔺

（选自成都《新地》丛刊，1945 年 7 月第 2 辑）

耿林莽

耿林莽(1926—),笔名余思,江苏如皋人,现定居青岛。做文学编辑多年,著有散文诗集《散文诗六重奏》《望梅》等12部,散文集《人间有青鸟》等3部,文学评论集《流淌的声音》等2部。

乡村“老照片”

我有一组“老照片”
藏在脑的最深处
一只“黑盒子”,藏着
失落旧梦的
点点残片

——题记

一根草

乡村是永远的乡村,永远。

盘古开天地,便有了这一根青青的草吗?

饱含着泥土的清香,摇曳。眼泪似的一滴滴露,滴着,滴着,至今还没有滴完。

一代代人的泪水，每一粒都和乡村一样古老、辛酸。

一朵花

乡村是永远的乡村，河是永远的河。

蜿蜒弯曲的臂膀，将村庄搂在怀里。小小村庄，不过是三三两两的茅舍。撒在了河的两侧。一簇簇褪了色的褴褛，场院上瘦瘦的草垛，晾晒着贫穷的温暖。

早春二月，田野还在冬眠。季节敏感的枝头，不穿衣裳的一朵玉兰花，醒了。

汲水女沿着早晨的河岸，款款而来。

（天地如一只蚌壳打开，汲水女是藏在其中的一粒明珠）

村子里，她第一个醒来。

她也是一朵玉兰。

柔润的、光滑的玉体，裹住了素雅而宁静的白。

（她那肥硕饱满的乳房，锁不住一冬的寂寞）

每一次花瓣柔软的开合，都有一个小小的生命孕育。

自原始，以至于无穷，永远。

一座崖

乡村是永远的乡村，河是永远的河。

空气、日光和水，守住了原始的真，无需加三聚氰胺。

年青的汉子在裸浴。他拍打着睡意蒙眬的水，水拍打着岸。

跳上岸，他仰视朝阳那一轮如火的熔岩。

水珠从他隆起的胸肌跌落，一滴，一滴……

紫色花岗岩的丘岑在起伏。

闪光的胴体，负载着力度的饱满，一座崖。

强烈的聚光，画出了人体原始美的极致。

凡·高的向日葵无可比拟。

罗丹的雕塑品也因而失色。

一缕烟

乡村是永远的乡村，永远。

炊烟流不尽的黄昏，留住了什么？

一缕夕照点亮场院，吊在屋檐下的一尾鱼，已不能再游。一如老太太行将脱落的牙齿，在晃悠。

石凳上放着老爷爷的青花瓷碗，碗里的高粱米粥还没有喝完。

人呢？总坐在那里抽旱烟的老爷爷呢？

哪里去了？

老太太还在灶间坐着，往炉膛填放潮湿的树枝，繁殖着孤烟。

几十年如一日的炊烟，循着既定的轨道，弯曲，缭绕，盘旋。

在小屋的上空飘着，飘着，不肯离去。

炊烟是永远的炊烟，永远。

一种别

乡村是永远的乡村，永远。

土地与河流也是永远的。

（据说：女人是水做的，男人是泥做的。）

水和泥，永远。

电脑和机器人的时代，有了新发展，

城市从远方，以钢铁和机械的手相召唤。

有出息的男孩子女孩子，泥做的男孩子水做的女孩子，在乡村坐不住了，一个个奔向都市。

也许，在脚手架上挥汗如雨，

也许，不过是黑压压涌动的求职大潮中，小小的一颗泡沫。

无限焦虑地追逐着，浮游；

等候复等候，望眼欲穿。

时间深处，遥远的地方，一位诗人在呼唤：

"田园将芜，胡不归？"

（选自《散文诗六重奏》，河南文艺出版社，2011 年）

孔　林

孔林（1928—　），山东荣成人。出版诗集《百灵》《晨露野花》《孔林散文诗集》等。

收获的语音

繁忙、喧闹在焦虑和期盼中匆匆走过，田野留下一片惬意的恬静。

我漫步在田塍，读着镰刀留下的行行文字，麦草垛沉默成一个个句号，芦花公鸡昂首高歌，宣读出版的佳音。

我默读着，默读着久蓄于大地心底的思绪凝聚的咨文。多少生命在冷酷狰狞的蹂躏中死而复生；多少渗透于泥土的汗液哺育了欲望的成长；多少梦幻被雷雹炸裂又以顽强的意念缝合。每根麦秆在生命的舞台上同它的主人一样，都是疲惫的过客，身上有看得见和看不见的伤痕，背负着被几度摧残而不肯舍弃的信念，以肉体的痛苦获得生命的延续，在相互交替的行进中创造人类的历史，每一次收获都是灵魂的升华、生命的闪光，无限情思连接着永恒的生存。

村寨，奇迹般呈现的辉煌色彩，是从黄土地和黄肤色中提炼的纯金。刚刚换装的农舍，总是怀抱着金色的梦幻。

我看见一位村姑在柳荫下用麦秆编织出金色的凤凰，美丽的心灵向往着蔚蓝的天空。

我看见一位老汉在场院上捡拾着失落的麦粒,像摘取天上的星星。谁最懂得收获的语言呢?我去问大地,去问群峦,去问江河湖海,去问蹲在田塍的老农。

(选自《中国散文诗大系·山东卷》)

李 耕

李耕(1928—2018),原名罗的,江西南昌人。著有散文诗集《不眠的雨》《粗弦上的颤音》等。

啊,山村

它如果不是一位用半爿岩壁掩着自己半露着的笑脸的娴静而羞涩的村姑,我怎会对它爱得这般深沉!

我招来云朵为它遮阴,它不要;

我撕来雾巾为它抹汗,它不要;

我撷来星斗为它做伴,它不要;

……

我采来一朵火红的山茶花佩在它的胸前,它却诚挚地转赠给了金色的秋天。

啊! 山村!

它正因为是一位用半篱翠竹披在自己半裸着的肩上的敦厚而勤劳的村姑,我才对它爱得这般深沉。

我向它要金的谷,它给;

我向它要银的棉,它给;

我向它要红的果,它给;

……

我向它要那绵绵不尽的爱情，它却一头扑进了祖国的怀抱。

啊！山村！

——其实，我正生活在它的怀抱里。

（选自《散文》，1980 年第 5 期）

陈　犀

陈犀(1930—1997),原名任萧丁,河北宁河人。出版诗集《田园抒情诗》,散文集《和弦》等。

后　院

各家有各家的后院。

有的后院,种青海椒、韭菜、生姜;

有的后院,堆柴草、沤猪牛粪、草木灰;

有的后院,拴牛、拴羊、拴猪儿;

有的后院,晒清洗的衣服、被盖、尿片;

后院,虽只是农家一块隐蔽的小天地,却最能反映他们的喜怒哀乐,一笑,一嗔……

说实话,我曾以熟悉农村的生活细节而感到自慰,但却忽略了一个我常去过的后院,后院的一隅;

这个后院,有一块狭长的草地,一丛茂密的翠竹,一条清澈的小溪;小溪对岸,是一大片葱郁的甘蔗林;溪边,坐着一位白眉白须的老者;一根用石块压着的钓鱼竿垂入水中;老者身边放了一个篾篓,但篓里却不见一尾鲜鱼。

我出于好奇,近前去询问老者为何鱼不上钩?

老者哈哈一笑,顺手把钓鱼竿拔出水面,钩上无鱼。

我诧异他的“耐心”。

老者看出了我的心思，便对我说：“已有余了，又何须有鱼呢！”

呵，在这山野之地，一个普通农家的后院，竟会迸发出这种撞人心弦的谐趣，真是妙哉！奇哉！

圣地

在每个人的心中，都有一块自己的圣地：

工人的圣地，是铣床上的刀锋；

渔民的圣地，是浪尖上的渔网；

战士的圣地，是枪靶和准星之间的抛物线；

教师的圣地，是黑板上桃李梅的折光；

基督教徒的圣地，是耶稣背的十字架；

农民的圣地，是黑油油的肥沃土壤；

所有的圣地，都是迷人的，我不由得想到农村的主妇，她们的圣地又在何方？

是灶膛里的火，灶火映射的一团红光；红光像一道光圈，笼罩着亿万个农妇平凡而又圣洁的雕像；

在这方圆不到一米的灶前，农妇心中的圣地，宁静而又安详……

（选自《海鸥》）

刘允嘉

刘允嘉(1930—),四川双流人。出版诗集《彩色的流云》,散文诗集《三月的洞箫》,散文集《雨城》等。

醒来的春天

春醒时,把许许多多冬天的梦想,都变成种子。在高山,在荒原,到处都燃起希望。

回眸昨天,我毕竟将苦涩的酸果,当作蜜甜的荔枝了。然而,纷纷而去的酸果,却敲击着一种回音。

于是,我把许久的苦味,酿成蜜一样的季节;我把许久的预言,堆成现实的彤云。

我写下的那些生活,犹如斑斑驳驳的阳光,在那里拾到的,只是一段历史的思绪。

我的血液如此透明。

我不再用陈旧的声音,去朗诵阳光了。

道路迢迢,一页一页折叠着我的身影。

我的背后是巍峨的青峰,我前面是深邃的蓝天和无言的纯洁。

哦,春天终于醒来。让我品尝失而复得的欢欣。

虽然泪水写成的诗句,已成为远山神秘的风景,但岁月的相思却敲开绾结在心底的歌声。因此，我用严肃的姿态去回想过去，用宁静的目光去呼唤未来。

我将从漫长的回忆中，走出深深浅浅的忧郁。

我将在这片爱和真诚的土地上，留下未来的记忆。

我永远不会失去心理平衡。我最终将走出拘囿，轻轻地走进灿然微笑的太阳。

哦，春醒来了，我的那些用欢乐和惆怅、真诚和爱心酿成的诗情，也随之醒来了。

我希望，我的这种诗情能浸入三月的春潮，生出令人思念的清香……

秋的图画

苦雨过去了。心，有了一个高远的天空。

阳光被谁点着了，原野在燃烧。丛林，再也无法隐藏殷红。

水边的芦花，也渐次红了，渔姑采它来插在瓶中。

我把画夹这样打开，让成熟的构思，抹上金子的色块。

在你沉思的目光停留的村庄，炊烟正安宁地飞向夕阳。

我把画笔拿起又放下：咦，那柿树上有枚果子半青半红。

它渴望成熟呢，还是不愿成熟？

我想，不愿成熟的是青春。就让它这样挂在枝头，展开幻想……

（选自《四川日报》，1988 年 12 月 4 日）

李　萌

李萌(1931—　),原名史雪云,曾用名李敏。祖籍江苏常州。著有散文诗集《红玫瑰》,散文集《爱的呼喊》等。

网中彩霞

揭开天幕上覆盖着的乳白色的网,鱼鳞似的朝霞从东方地平线上涌起。浪花溅处,渔民划着渔筏,挥动手臂,向江中撒开一张张美丽的网。

江面上闪烁着绚烂的晨光,荡漾着殷红的、橙黄的水波。呵,我透过晶莹的江水,看到跳动在渔网中的条条鲜鱼,它们披金挂银,鳞光闪闪,仿佛是天空跌落的朵朵彩霞……

幸福之船

红日像一团火球,微笑着跃上树梢;炊烟缕缕,在江边竹林上缭绕。哦,彩霞染红了渔村幢幢新屋,那屋顶上的块块红瓦,似火焰般的石榴花在欢笑。悠扬的渔笛吹皱了平静的江面,渔船装满鱼儿在岸边停靠。呵,一幅多么动人的水彩画《渔家乐》呵,顿时在我心中闪耀!

昔日祖辈破渔船上的旧木，早已做了笼子饲养鸡鸭；过去腥风血雨打烂的船篷，全都拆下搭了瓜棚、篱笆……如今渔民用汗水浇铸了两条新船：一条在碧绿的江水中航行，一条在江边的沃土中驻扎。你看，那翠竹丛中金光闪耀的渔民新村，不就是渔民在陆地上的幸福之船吗？！

（选自《邕江》，1980 年第 4 期）

京　隆

京隆(1933—2016),安徽蚌埠人。著有散文诗集《白色鸟》。

乡村花鼓

斜斜地挎起那个椭圆的球,巫气腾起！手与足,便在两极之地起舞。

一槌击中,便有纷飞的语言惊醒……

一只鼓,一座空谷,装进了人类全部足音。

腰系汗巾的鼓手,头颅高昂,满嘴喷香,在隆隆的行进声中狂醉。锣与钹的兴奋,粒粒金黄。

鼓声是烧红的高粱。

鼓声是灵肉的喊叫。

一槌击碎一个嚼不烂的卑贱。

一槌擂响一个哑了的雷。

把潮湿的日子擂响。把失聪的日子擂响。

擂响自己！擂响土地！……

鼓手的目光高举,只看头顶上那颗星外之星。他神秘的样子,谁也猜不透！

鼓声为我们拓出一条大道。大道通天。

我们践踏着神的颂歌,我们自然就成了神仙！

敲打！敲打！

骤雨轰然。阳光喧嚣。

鼓声太猛太沉。当它骤然坠落时，我看到漫天溅起纷扬的白色雨……

我的天空。一鼓独悬。

怀念父亲

橘红的除夕涌进屋内。父亲的除夕却在田野里辉煌。

大口的粪箕依然在肩上张着。

肩上，压着沉重的依恋。

太阳吮干了他的液汁。风的砍刀将他塑成一面瘦瘦的帆。他拽着土地的纤绳，向着他的太阳走去。

这是他最后的日子，是他最亮最亮的日子！那个突然涨红的太阳正在向他眷顾，就要在他胸口上撞响悲壮的音乐！这样的时刻，他要单独和土地说一会儿话，他要亲亲地再喊一声每一块土地的小名……

不屈的掌纹搓捻过每一粒黄土。

认清土地的成色，就认清命运的成色。

汗水缠绵。泪水缠绵。流成了这片土地的颜色。

催归的爆竹旋转成吉祥。

年酒斟满。等待碰响。

儿孙们的呼唤漫成暮色，

而父亲，却迷失于黄昏，心事匆匆，为他最后的日子，送行。

（选自《散文诗》，1991 年）

敏　岐

敏岐(1935—　),本名许敏岐,四川富顺县人。出版散文诗集《绿窗集》,诗集《风雨集》等。

汲

夹着曲曲折折的篱笆,通村口的路,有薄雾升起,继而,渐显苍茫。

木桶落下,在泉里,砸出一个好脆的响。

飘着蓝花发结的小女孩,担着水,迈着轻快的脚步,汲走了,汲走了一天最后的一朵霞光。

清　晨

篱笆上,深紫色的豆花,有茸毛似的露珠闪亮,屋檐下,一张一张,蜘蛛在织着透明的网。

这该是一个怎样的情景呢?

一边,蓬蓬勃勃,在勃发着生机;

一边,急急匆匆,在编织着死亡。

(选自《冰凉的花瓣》)

红高粱

在广袤的北方原野，作为一个个威严的方阵——无边无际，无际无边——红高粱，已经倒下，已经永远地倒下。

为了孩子们尝秫秸的甜味，在场院边，老人们偶尔种上三五十株。

秋风中，飘飘洒洒，如焰，如火，若一片血的落霞。

高原汉子

背向蓝天。魁梧的肩，肩着一个棕黄的塬。

脚下，黄河流累了，但仍有浪花，在水鸟的翅膀下，缓缓地舒卷。

一曲曲信天游。

高原汉子，喊得心好烫，喊得眼好酸。

（选自《敏歧散文诗自选集——经历荒原》）

刘湛秋

刘湛秋(1935—),安徽芜湖人,当代著名诗人,翻译家,评论家,结集出版诗歌、散文、评论、翻译、小说等30余种。

三月桃花水

是什么声音,像一串小铃铛,轻轻地走过村边?是什么光芒,像一匹明洁的丝绸,映照着蓝天?

呵,河流醒来了!三月的桃花水,舞动着绮丽的朝霞,向前流呵。有一千朵樱花,点点洒上了河面,有一万个小酒窝,在水中回旋。

三月的桃花水,是春天的竖琴。

每一条波纹,都是一根根轻柔的弦;那细白的浪花,是响着有节奏的鼓点。那忽大忽小的水波声,应和着田野上拖拉机的鸣响;那纤细的低语,是在和刚刚从雪被里伸出头来的麦苗谈心;那碰着岸边石块的叮叮,像是大路上车轮滚过的铃声;那急流的水声浪声,是在催促着社员开犁播种啊!

三月的桃花水,是春天的明镜。

它看见燕子飞过天空,翅膀上裹着白云;它看见垂柳披上了长发,如雾如烟;它看见一群姑娘来到河边,水底立刻浮起一朵朵红莲，她们捧起了水，像抖落一片片花瓣；它看见了村庄上空，很早很早，就袅袅升起了炊烟……

比金子还贵呵，三月桃花水；

比银子还亮呵，三月桃花水；

呵，地上草如茵，两岸柳如眉，三月桃花水，叫人多沉醉。呵！多多地装吧，装进我们心灵的酒杯！

春天吹着口哨

沿着开花的土地，春天吹着口哨；

从柳树上摘一片嫩叶，

从杏树上掐一朵小花，

在河里浸一浸，在风中摇一摇；于是，欢快的旋律就流荡起来了。

哨音在青色的树枝上旋转，它鼓动着小叶子快快地成长。

风筝在天上飘，哨音顺着孩子的手，顺着风筝线，升到云层中去了。

新翻的泥土闪开了路，滴着黑色的油，哨音顺着铧犁的镜面滑过去了。

呵，那里面可有蜜蜂的嗡嗡？可有百灵鸟的啼啭？可有牛的哞叫？

沿着开花的土地，春天吹着口哨；

从柳树上摘一片嫩叶，

从杏树上掐一朵小花，

在河里浸一浸，在风中摇一摇，于是，欢快的旋律就流荡起来了。

它悄悄地掀开姑娘的头巾，从她们红润润的唇边溜过去。

它追赶上了马车，围着红缨的鞭子盘旋。

它吻着拖拉机的轮带，它爬上了司机小伙子的肩膀。

呵，春天吹着口哨，漫山遍野地跑；在每个人的耳朵里，灌满了一个甜蜜的声音——早！

（选自《写在早春的信笺上》，上海文艺出版社，1979 年）

邹岳汉

邹岳汉(1937—),湖南益阳人。出版散文诗集《时光之水》《青春树下》及诗集《远去的帆》等。

漂

要得心宽架木排
木排一去不回来
——排筏工号子

排古佬脚下千里万里的路程,是从河上漂走的。
排古佬身边一串串碧悠悠、白花花的日子,是从河上漂走的。

一木一青春。用一段段青春扎成的木排,下山河,过洞庭,入长江……也一张张地从这悠悠河面上漂走了。

漂,不避风雨,不留行踪。
漂,坐观岸走,卧看云流。

头排冲浪,脚排把舵,八九支篾橹,如水蚊之足,点到为止。任其自然。与两岸青山搭话,与滔滔江水同步。不论九曲八拐、深湾浅滩，或是顺风逆境、水涨水落，总是把一半心思亲昵地浸没在清凌凌的江水里，沉稳地，漂向期待中的码头。

漂不走的，是壶中烈酒，外埠婆娘，逢滩过险亏欠龙王爷的债务。

漂不走的，一柄斩缆的斧，一把拖送原木的扎钩；老辈子说，洪武落业，世代相传就这两件法器。

如今，百年不变的古老风范也开始松散而漂浮欲动了。

排筏工一手挥斧斩断因袭的缆，一手抛出鹰嘴般犀利的扎钩，却挽不住流逝的岁月，向后迅疾漂移的岸……

排古佬按捺不住。一纵身，
裸泳。以古老而自由的姿势，
去追逐当今的潮流。

冬　夜

此刻的村庄，一群白狗。
披厚厚的落雪，蜷伏广袤无垠的雪原上，迷失归途。
偶尔传来几声汪汪的吠叫也是雪白的吗？
旷寞。证实冰清玉洁的世界真实地存在。

一株老槐，几经风霜劫掠。

雪原上唯一站得住脚跟的硬汉子，举臂朝天，徒劳地呼号着要索还丧失了的青春。

坏心眼的冬云，以决不甘休的姿态，将醉倒的老太阳浸泡成一副冰凉的小石磨，悬挂在茅檐般低矮的天空，碾散疏一阵密一阵关于季节的闲言碎语。

不甘寂寞的蛙鼓手，自诩音乐家的秋虫们，此刻都躲进只能容纳下它们自己的小天地里。

有一个窗口，亮盏橘红的灯。

老人们围坐红旺旺的火塘，一边唠叨天是黑的，地是白的，一边揽定膝上的楠盘，拣选着明年春播的种子。

（选自《诗潮》，2007 年第 3 期）

刘 虔

刘虔(1939—),湖南武冈人。出版散文诗集、报告文学集《春天,燃烧的花朵》《大地与梦想》《杨靖宇》《刘虔的文学世界》等。

种子,生命的诗

时间的罡风,把一切有形无形的秕糠席卷而去,而只留下生命的种子……

种子,是生命的诗。

种子,也是历史收获的果实。

这些果实,沉甸甸的,饱含着人生与社会的泪水和血汁,像宝石一样熠熠生辉。

而且,时间又会萌发它们的。

历史,也因之变得更加美丽,更加殷实。

种子,也是历史的诗。

历史的抉择

生活,总是像长河一样日夜奔流着,即使如九曲回肠,也不会回头……

不必相信这样的“智叟”的：

他总是拿着他儿时用过的古旧的皇历来计数今天的日子，想把生动的理想、勇气、创造的春天和真理的太阳全部禁锢在昨天的坟墓里！

但结果呢？

河流积蓄了愤懑的伟力，漫过了险滩！

历史，做出了不可更改的抉择：

正是坟墓，收容了这些“崇高”的谎言；

而生机勃勃的大地与海洋，却在我们的眼前一望无际地展开……

泪，心上的雨

“妈妈，我的心好疼呵，我真想哭！”

“孩子，哭吧，哭吧，泪水会洗去你的迷误的尘埃；而且，你的心积蓄了太多的污水，太多的心酸和悲苦呵！”

“孩子，那就让洪水决堤吧！”

“那时，咆哮的洪水将冲毁你往日的道路；洪水过后留下的荒芜，期待着新的开拓的犁锄呵；岁月又会重新开始……”

哭，有时也是一种自我拯救的武器。

泪，是心上的雨……

（选自《海鸥》）

王中才

王中才(1940—),山东宁津人。著有散文诗集《晓星集》《光斑集》及散文、小说、报告文学集多种。

海　月

我在月夜的海边漫步,看见明晃晃的月亮,映在海面上,被黑浊的浪涛打碎了,像散落的鱼鳞,在浪涌里漂。

夜海的浪涛啊,你用强力的手臂,扭曲了月亮的形象,在你的臂弯里,月亮已不是月亮。

我抬头望望夜空,明晃晃的月轮,依然洒下温柔的光,抚摸着多梦的渔村和孤独的归帆……

在洁净明丽的苍穹,月亮还是月亮!

黑浊的浪涛啊,我的视线从你的身上挪开,我自会找到月亮真实的形象。

(选自《当代》,1980 年第 2 期)

渔女的背影

清晨,一只小船从岸边离去,船上摇橹的渔女,俯仰着颀长的身躯，晃动着滚圆的肩背。

晨风迎面掀起她的衣摆，那是月季红的衣摆，像两缕火苗一样飘动。我看不见她那被风绷紧了的前襟，我只能看见她的背影。

初升的朝晖，染黄了她的发梢，那是向后飘散的长长的黑发，像船下泛光的浪痕。我看不见她那被金晖照亮了的双眸，我只能看见她的背景……

我渴望见到她的真面，又惧怕看到她的真面！啊，还是盯着她的背影吧，盯着那苗条而又丰腴的背影！

（选自《海韵》创刊号）

于耀生

于耀生(1941—2014),吉林德惠人,笔名北渔。著有《雪线》《昨夜涛声》《情结乌苏里》,理论集《散文诗论稿》(与人合著)等。

落花时节

一簇簇炽烈的达子香花凋谢了。

昔日的芳菲和色泽都将委于泥土。

缤纷的落英珍藏着阳光的亲吻,珍藏着生命的依恋和希望。

凋谢了,愉悦地凋谢了——旧的意念和创造;开始了另一个春天的寻求和酝酿。如同我们的世界,不停顿地凋谢,不停顿地诞生。

有不凋谢的花朵吗?有不否定花朵的果实吗?有停滞不前的季节吗?

(选自《散文诗报》)

郭宝臣

郭宝臣(1942—),河南辉县人。著有小说、报告文学多种。

走向森林(节选)

一

我是一棵小树,我要走向森林。

在这峡谷之间,在这岩石之上,一抔黄土,支撑着我的腰身。有清凉的风梳理我的枝叶,有清澈的山泉把我滋润。还有鸟儿在我的头上盘旋,还不时地唱出美妙的声音。这里够惬意了,清晨,太阳从崖头露出它的红晕,我的周围便闪烁着五彩的波浪,流动着绚丽的锦缎一般的云。黄昏,太阳慢慢敛起它的金翅,炊烟袅袅,消融在山峦之中。

可是,我是一棵小树,我要走向森林。

五

在你那里,树和树挨得很近,枝条相错,叶子相携,相互传递着抚爱。

在你那里，没有孤独。夜间，有萤火虫的灯光，清晨，有鸟儿的鸣叫。

在你那里，没有懒惰。相互争着，向上生长，尽可能地伸展枝叶。向着美好的境界发展，没有止境，就连默默无闻的野花，也竞赛似的开放。

在你那里，荒漠不敢侵袭。因而，泉水保持着清澈与醇香。它们流出的，是没有混杂的清冽的音乐。

六

森林，我向往着你，不能不思念我的母亲。

她的意志已经注入我的根须，她的嘱咐，已经印进我的年轮。从我的枝，我的叶，可以看见她的容貌。

当我着急地要立刻长大的时候，她安慰我：孩子，强壮的腰身，博大的树冠，不是一日可成。

当有灰尘向我袭来，使我烦恼的时候，她伸开繁盛的枝条，将它们驱赶。

在她的身旁，我感到温存的甜蜜。

走向森林，我记着母亲的嘱咐。

九

当然，我也不会自惭形秽，因为我也生长在大地之上，我也是大地的一个儿子。

周围的群山，沉默着，不言不语，但，是它们傲然挺立的雄姿，教我坚韧地挺起腰身。

新的景色，正从山边展开，使我看到新的希望。

岩缝间的小草，又细又弱，但，是它们顽强的生命，使我驱散心中的愁云。

新的花朵，正在它们身边开放，使我感到了生活的芬芳。

啊，这不是梦境！森林，我看见了你的身影，闻到了你潮润的气息，听见了你脚足的声响——这使人心旷神怡的乐曲。

你不会忘记每一棵孤零零的小树。你也知道：

我是一棵小树，我正在向你走去。

十

这是又一个黎明。

旧的思绪像薄雾一样，被太阳的金色手指抹去，新的愿望，又像田野一样在我眼前展开。

我不企求过分的恩赐，就像过分的装饰会缠裹住我的手足。

我只希望我的绿荫，和森林的绿荫连成一片，我只希望我的果实，汇入森林的果实之中，我只希望我的树干和森林一样能够成为栋梁。就是倒下的时候，我也躺在森林的怀抱。

清风啊，请你再一次带去我的心声：

走向森林，带着我的憧憬和欢欣……

（选自《散文诗十家精选》，工人出版社，1988 年）

雷抒雁

雷抒雁(1942—2013),陕西泾阳人。著有诗集《小草在歌唱》,散文随笔集《悬肠草》《秋思》等。

蚕

她在自己的生活中织下了一个厚厚的茧。

那是用一种细细的,柔韧的,若有若无的丝织成的。是痛苦的丝织成的。

她埋怨、气恼,然后就是焦急,甚至折磨自己。同时用死来结束自己,同时用死来对这突不破的网表示抗议。

但是,她终于被疲劳征服了,沉沉地睡过去。她做了许多梦,那是关于花和草地的梦,是关于风和水的梦,是关于太阳和彩虹的梦,还有关于爱的追逐以及生儿育女的梦……

在梦里,她得到了安定和欣慰,得到了力量和热情,得到了关于生的可贵。

当她一觉醒来,她突然明白拯救自己的,只有自己。于是,她使用牙齿把自己吐的丝一根根咬断,咬破自己织下的茧。

果然,新的光芒向她投来,像云隙间的阳光刺激着她的眼睛。新的空气,像清新的酒,使她陶醉。

她简直要跳起来了!

她简直要飞起来了!

一伸腰,果然飞起来了,原来就在她沉睡的时刻,背上长出了两片多粉的翅膀。

从此,她便记住了这一切,她把这些告诉了子孙们:你们织的茧,得你们自己去咬破!医治焦虑和苦恼,最好的办法,就是沉默和安静。

蚕,就是这样一代一代传下来。

(选自《中国散文诗90年》,河南文艺出版社,2008年)

鄢家骏

鄢家骏(1942—),云南墨江人。著有散文诗集《远方有一片绿云》以及小说、报告文学集多部。

野象谷的故事(选二)

野兽永远毁灭不了人类;

人类能把一个动物王国毁灭。

——题记

幽谷,黎明静悄悄……

幽谷,黎明静悄悄……

风停了,雨住了,苍穹洁净如洗,投映出一片原始森林黑苍苍的剪影。

雨住了,风停了,紫蓝色的幽谷,腾起了紫蓝色的雾涛。

嚓嚓嚓……

蓦地,密林里响起一阵急促的脚步声;湿漉漉的山道上,印着两串赤脚板的足迹。这是山寨人黎明时留给山野的吻。

哈哈哈……

蓦地,一串笑声在郁森的密林里飞荡;远山近岭百鸟也喳喳啼啁。这是山寨人唱给大自然的晨曲。

蓝雾裹住两个剽悍的爱尼汉子：一老一少，肩挎猎枪，腰挂长刀，还有那盛满烈酒的葫芦……

他们要到紫雾弥漫的野象谷。那里生长着他们致富的希冀和辛劳催亮的憧憬—— 一片硕果累累的香蕉园，等待他们去收获丰收的甜蜜……

脚步声声急，笑声朗朗高。

密林里飞扬一曲欢乐的长调。

黎明，幽谷静悄悄……

黎明，山林亮出一个壮丽

星星隐褪了。

晨光的纬线编织出山林无与伦比的黎明。

霞光映亮了青山。青山昭示着人类万古长青的生命活力。那善良之泉汇成的山溪大河，奔响起撼天动地的赞美之歌……

儿子醒来时，他猛然发现父亲已攀着藤葛跳到了树下。

父亲朝着山坡下奔跑。

野象冲下山坡紧追父亲。

"孩子，快逃——"伟大的父爱在呼喊。

这是一个崇高生命的千古绝唱。

"爸——"儿子的声音在大山上回响。

这是一个良知复活的永恒忏悔。

突然，儿子看见山坡下的密林上空升起一片血染的霞光。

霞光升腾着，飘荡着，扩散着，顿时映红了万里山林……

万岁！一个民族万古不朽的魂灵！

（选自《版纳》，1999 年第 3 期）

陈志泽

陈志泽(1943—),福建泉州人。著有散文诗集《阳光与灯影》,散文集《大地与履痕》,文艺鉴赏论集《论评·赏析·杂弹》等24部。

遥　望

又是他来到海边遥望吗?

海认得他——是的,是他!

朝着海峡,他的双眼眯成一条缝,那目光有无穷的穿透力!风拍打得龙裤,旗一样飘舞……

他在把谁等待?

多少年了,海浪在他的脸上留下越来越多的波纹,却把他的双眸洗濯得更加明亮。

旭日升起在他的凝眸,又在那两滴不会滴落的泪里熄灭了;

明月悬挂在他的凝眸,又消融在那两泓深不可测的清潭里。

他常这么站着,站成一座灯塔,要照见归帆远影!

他常这么蹲着,蹲成一块岩石,岩石不朽,他的想望弥坚……

(选自《人民日报》,1989年8月4日)

老华侨

银光闪烁的华发，梳理成山岭或者海浪——

山岭隆起一种高度，饱满和柔美；

海洋腾跃着深沉和激情……

太平洋的急雨狂风扑来，能不从这发梢上跌落？

那童年在家乡挑重担的榆木扁担，飞上了你刚毅的脸庞——你那染上秋霜的双眉，什么样的风险什么样的重压也能轻轻挑起。

你黝黑的皮肤记录着你的煎熬和拼搏，你的脸上、手上缀满“寿斑”，梅花瓣似的格外精神！

你同我握手，你的手骨节嶙峋、筋脉凸起，握住它，我触及一部华侨史的某些段落和词句——

这双手，一回回撩拨你人生之旅的风浪，抹平脚下的道路；

这双手，把你无尽的情意捎回祖国捎回故乡，化作道路、桥梁和高楼大厦，化作琅琅书声……

（选自《散文百家》，2000 年第 7 期）

徐　刚

徐刚(1945—　),上海崇明人。已出版诗集、散文诗集、报告文学集等20多部。

嵌进心灵的田埂路(节选)

一

开田放水的春耕时节。

跟在牛屁股后面,近看着做一个耕田人的荣耀。

后来被轰到了田埂上,秧田平整得像小黄鱼肉一样细腻,像镜子一般光滑,这个早晨就要撒种了。撒种是一门绝技,农人凭着手的感觉,在目光的关照下,既要把握远近,又要把种子均匀地撒落,所有的动作都集中在手腕上,柔软温顺地起起落落、扬扬撒撒,伴之以有节奏的轻移的脚步,田野中的又一次孕育开始了。

在大地的背景下,那些两腿泥巴的撒种的农人,以他们的目光和手,指挥着一个希望的季节:化雪、放水、耕耘、撒种、胚芽……

每一粒胚芽都包含着一个梦想。

每一片绿叶都舒展着一种童话。

二

头顶的星空下是母亲的纺车。

除去酷热的夏夜，纺车总是在幽幽的油灯下转动着，如果月色明亮，正好照着我家的朝东屋，母亲便不点灯，在月光下摇着那一架我祖母留下的老纺车，然后随着目光的移动而移动。移到门口，月上中大时，纺车声戛然而止。

门关上了，梦开始了。

好大一片月光被关在门外了，但会从篱笆墙的缝隙间挤进屋里，一起挤进来的还有风与虫鸣及长江的涛声，挤得很细很细，像星星点点的小蝌蚪游在我的枕头畔。

不知道那些小虫在唱些什么，也不知道它为什么唱，大约鸣虫们只是爱唱，彻夜地唱，唱它们自己的歌谣，直到把我唱进梦乡。

三

我是从这条田埂路上远走他乡的。

当母亲的乳汁、田野的绿色，滋润了我的童年及少年之后，我走了。故乡的田埂路敞开着，没有任何羁绊，只是在回首间，秋风里扬起的母亲的白发，揪住了我的心，一阵辛酸两行热泪，问自己:难道我只能用离别来报答为我守寡终生的母亲？离开故土之后，哪里是我的立足之地？母亲却挥手催着我走，催我踏上那一条独木桥，从河西到河东，连接的桥也是离别的桥。

从此陪伴母亲的是一只猫、一群鸡、两棵桃树和一小块菜地，从此我就成了他乡游子。

我不后悔，我感激母亲挥手送我远行的深意，没有游子，哪有故乡？没有江湖风波浊，怎知水是故乡甜，月是故乡明？也只有游子才能品味故乡这个词语。它是由梦想浸泡的，是专为离乡人闪烁梦幻的，是乡情的酒乡愁的网，是流浪者可以为之哭为之笑为之彻夜无眠的一片土地、一片家园、一种境界。

在思的缠绵与刻画中，我把田埂小路嵌进了我的心灵。

距离就是绵长，一根断裂的缆绳成了两根，因为风浪中的小船思念港湾，牵挂的木桩长出了朝思暮想的青枝绿叶。

缺少游子的土地缺少乡愁。

“昔我往矣，杨柳依依。今我来思，雨雪霏霏。”

乡愁是激情的风、灵感的雨，鼓荡着田野图像，揉搓着思念的惆怅，化作昨夜之雪，洒在故乡的田埂路上。怀念着离去的脚印，追问关于大地的想象、诗人和诗。

于是我在旷野中呼告，以阿兰·博斯凯的名义：

火的词句，我要诉说我的童年，

有人在树林深处从鸟巢里掏出了红月亮……

（选自《人民文学》，2001 年第 8 期）

蔡　旭

蔡旭（1946—　），广东电白人，现居珠海。出版散文诗集《蔡旭散文诗五十年选》等28部，短论集《散文诗创作手记》等5部，散文集4部。

有故乡的人

我没有故园。也没有故居。

当然，我有故乡。

我出生的电白霞洞大村校园，那间老祠堂早拆掉了，但学校还在。

我成长的小城水东，认识我的人已很少了，但老街还在。

读过的小学、中学，校名改来改去，校址也搬了，但上课的钟声还在。

土地与天空已被高楼商厦变了容貌，但旧地名还在。

海水与沙滩已被污泥浊水换了颜色，但大海还在。

许多美食已丢失了童年的味道，但甜美的记忆还在。

我在外地晃荡了五十年，口音已遭到各地方言入侵，但家乡话还在。

我的梦早已被人生的悲欢离合、甜酸苦辣充满，但故乡故人故事还在。

只要心还在跳动，我就会时常回到故乡。

即使长年累月在外，一年三百六十五天在外，一天二十四小时在外——

故乡啊，我都是永远不会走失的人。

家乡的水井

记得家乡的水井靠近蕹菜塘，里面倒映着我童年的照片。

水太清，又没有海滨的咸味，井边经常排着半座小城的水桶。

大旱时节，水桶打不到水，只能用旧篮球做成吊桶。

水更浅，就用鲎壳做成瓢，吊到井中一瓢瓢去舀。

后来水龙头走进千家万户，水井开始遭到冷落，如搬了家的邻居，逐渐疏远。

外出读书与生活后，我把水井背到了他乡。

把水桶、篮球与鲎壳，泡到清甜的井水里储存。

天再旱，也不愁打不到水，总有故乡水在心田滋润。

时光一下子流过五十年，已找不到蕹菜塘，更找不到童年的水井。

早在二三十年前就填掉了吧？——年轻人七嘴八舌，都说从小就没有见过。

更不知篮球与鲎壳，还有打水的功能。

我幸亏当年把水井背走，不然到老也不知井水的味道。

更不知现在外出的年轻人，没有了这口水井，去拿什么来装下——

他们的乡愁。

（选自《湛江日报》，2016 年 7 月 30 日）

倪俊宇

倪俊宇(1948—),海南东方人,现居海口。出版诗集、散文诗集《岁月的涛声》《椰岛绿风》等4部。

回望湾前村(选三)

地头的瓦罐

乡村一口小小的山塘。

途径立春乍寒还暖的雨,秋分尘色的阳光。

贴近它,谁听到季节的蛙鸣?谁听到禾苗叶脉里琤琤琮琮的笑声……

水声,漾动着烈日下农事的皱纹。

遮蔽住汗渍的脸和渴盼的唇。

在两双皴裂的茧手传递之间,

我品咂到一种乡间深处的甜。

院角的小石磨

一种曦光或月华款款溢出的旋律。

母亲弓着腰,将弦月抡成圆月。

转动的起点到终点，有多远？就是翻出早春曙色的犁铧，到田埂上拉回秋天的车轮的距离。

是什么时候起，石磨长出了点点青苔的老年斑？

磨浅的齿痕，再也咀嚼不出岁月的余味。

唉，唯有年节灶火燃旺的稚声笑闹，和年糕糍粑甜透的满园童趣，

总会在我异乡的枕边，幽幽醒着……

山路上的民谣

是山路的枝丫，绽出的各色各样的野花，装饰着乡村的季节，缤纷着乡民的心绪。

哦，民谣。吮吸了土话俚语，炊烟般的触须，伸入

晨露中的匆匆脚步和叱牛声声，烈日下车水的响动，还有牧笛荡漾的夕照和槟榔林里的絮语……

最蓬勃是在乡村季节中最金黄的部分。此时，民谣，摇曳于一片芬芳的稻香里。

沿着民谣，沿着山路一样多姿旋律的曲径，

你就可以走进乡村的笑声与忧愁，走进农事的青翠或萎黄；

你就可以读懂后生哥乡妹子早春翠芽般的憧憬，读懂老辈人老榕般的深沉。

这些色彩斑斓的山花，结出的果，就是嚼也嚼不尽味儿的乡愁。

（选自《山东文学》，2016 年第 5 期）

陈所巨

陈所巨(1948—2005),安徽桐城人。著有《陈所巨文集》等。

微 雨

我惊异我的敏感,感觉得到那比头发丝儿还要细得多的雨丝。我说:下雨了。

人们感觉到了吗?绿叶感觉到了吗?泥土感觉到了吗?我感觉到了!细微的,潮润的,静静的清凉。我说:下雨了。

微雨为什么将信息最先传给我呢?我为什么最先感觉到了微雨的信息呢?

获得会使人沉醉于满足,而失去则使人变得敏感。在我心的深处,或许有一片失去水分的干漠吧。

我说:下雨了。多情、柔媚、慈爱的雨。

桃花水

村前,蜿蜒的、显露着曲线美的小河,流着。河水慢慢变浑了,变成乳黄色的了,水面上漂浮着密密的粉色桃花瓣儿。小河涨了桃花水，乳黄色的漂浮着桃花瓣儿的桃花水。

洗衣少女站在岸边发愣，是害怕乳黄色的河水染黄她的衬衣，还是害怕那些随波逐流的花瓣儿，沾在衬衣上不肯离去？她是个爱素净的姑娘，洁白的衬衣像雨后晶洁的云。

一只尖尖的鸬鹚船在河里忙碌，墨蓝色羽毛的鸬鹚纷纷钻入水中，是去叼起那些零落的花瓣儿吗？

河岸两边，一抹浓云般颤茸茸的桃花，正筛下密密的粉红色的花雨。我弄不清洗衣少女和捕鱼汉子的心情，欢乐呢，还是埋怨呢？我捞起一掬花瓣儿，我知道季节脱下天真美丽的花衣之后，就开始孕育果实了。桃花水哟，你是妊娠的季节，流下辛劳的汗水吧。

（选自《长城》，1984 年第 4 期）

李曙白

李曙白(1949—　),江苏如皋人。著有诗集《走过雨季》《大野》等。

大平原

大河以北的平原,是我祖辈的家园。

大平原哟,在寂寥的风中波动的大平原,在苍凉的耕耘中生长的大平原。

具体到一粒谷子。一粒谷子离开泥土在我的掌纹间静卧,它圆润、饱满、沉重,使我习惯扬起的手臂无法举得更高。

那是走在回家路上的农人,是我的祖父,他可能是另外一粒稻种:深埋在中国农业中,一生只长一枚谷穗。

麦　穗

离开土地多年,我一直记得捡拾麦穗的岁月。

收割后的麦地中,我一次又一次,为一只麦穗深深地弯下腰。

麦地,空旷的麦地。我总是梦见还有许多麦粒,没有捡拾干净。

种豆的日子

种豆的日子，家园就在身边。炊烟和屋脊及母亲亲切的手势，在晨光中温暖。

手指触及泥土，祖祖辈辈的叮咛，从土层中醒来，沿着指尖深入我们的血脉。

只要种过豆子，无论我们走到哪里，都不会距离家园太远。

在每一个潮湿的早晨，我们都会因一缕炊烟，或者一声鸟鸣而警醒——惦记着播种。

种豆的日子，有一种情感播进我们的一生。

（选自《散文诗》，2004 年第 9 期）

谭仲池

谭仲池(1949—),湖南浏阳人。已出版诗集、散文集、小说、文论等20余部。

忆念故乡(选三)

小 街

昔日弯曲的麻石路,穿过低矮商铺林立的小街。

酒香、油香,在街道的空气里飘散。

夜色中亮起的灯火,渐次拉开了乡村的黑幔。已经变得光滑和枯瘦的临街木栅栏,慢慢地支撑不住岁月的重压,竟被一阵旋风卷得无影无踪。

从此小街消失了。

麻石路也不见了,眼前站起一幢幢水泥砖瓦楼房,在阳光里闪烁着鲜明的轮廓。脚下的路变得宽敞,可迎接你的是飞扬的尘土和刺耳的噪音。

走在新建的小街上,不知为何心情有些沉重,像踩碎了一个美好的梦。

玩狮灯

鞭炮声、唢呐声、笑声、欢呼声，一齐像潮水汹涌轰鸣。

一个又一个小村落沸腾了。

老人和小孩，男人和女人都在节日的欢乐中，彼此显得异常活跃和亲热。

我舞着纸扎的狮子，在锣鼓声中跳跃翻滚。

少年时期，谁不想表现自己？

在乡亲们的喝彩声中，我竟然能连翻几个跟头。

也不是没有想过，如果一个跟头，就能翻过篱笆，跳出农门，那才是真正的精彩。

其实，谁在一生中，又不曾翻几个跟头！

可至今令我怀念的却是当年玩狮灯时，从乡亲们手中接过的小小红包，即使是五分钱、两分钱也感觉是那样温暖和丰厚！

布　鞋

用粗粗的线，颤抖的手。

母亲在给我做布鞋。她在鞋底上缝进了星光、月辉、夜露；缝进了劳累、疲倦、期待。她从旧衣衫上剪下破碎的布片，一层又一层叠成厚实的鞋底。她寻思着，这鞋子穿在脚上究竟能走多远。

我穿上了母亲做的布鞋，记住了母亲慈祥的目光和瘦小的身影。我终于走出了山村，走向海岸边的都市，去寻找母亲梦中的希望。

现在母亲也走远了，可她却穿着自己做的鞋，去寻找她自己留下的脚印。

布鞋，普通农家的传家宝。真该把你请进人世最神圣的博物馆。

（选自《谭仲池诗文集》）

林清玄

林清玄(1953—2019),中国台湾高雄人。著有散文集《迷路的云》《温一壶月光下酒》及菩提系列等40余种。

风知道山

我躺在田野上看山,山不高,但姿形优美。

我努力地想象着山那一面的景象,也许它刚播种不久,有一片新芽的绿,也许它已经是收割后的苍凉,虽然我那样想着,但完全不能确定山那边的风景,除非我站起来,爬到山的顶上去看。

阳光从山那边转来,它知道山那边;风从山头吹过,它知道山那边;鸟飞过群山,它也知道山那边;只有我不知道,因为我没有上山。这时我感觉在山之前,我是多么渺小:那不是一座高山,因为我懒得上山,它就格外高了。

故　乡

火车以不可名状的速度狂奔,我坐在车中,那火车是"故乡号",听说一坐上就可以回到故乡,我在最后一刻登上了火车。

车长是个老人,胡子垂到胸前,他要查我的票。

我说:“我不太相信这车可以到我的故乡,等到的时候我再补票。”

老人微笑颔首而去。

火车不断地靠站,却没有人下车。只有不断上车的人潮,最后我被挤得喘不过气,跑去问车长:“我的故乡到底几时到?”

他抚着胡子笑起来,说:“我搭这班车要回故乡时,还是个青年,现在胡子白了,故乡还没到呢!”

我着急要下车,却找不到出口,发现全车都是陌生的脸。突然有一个青年叫住我问:“老先生,我的故乡到底几时到?”

我发现自己的胡子已长到了胸前。

望着窗外飞逝的景物,想起我的青年时代,为了回乡却离故乡愈来愈远了,我流下两行清泪。

(选自《林清玄散文集》)

严　炎

严炎(1953—　),本名闫宝忠,满族,黑龙江林口人。出版散文诗集、散文诗理论集、散文集等多种。

六月的北方

冰排奔涌沉寂之后,我们就开始听见禾叶平静而缓慢的呼吸。匍匐于想象中的树木和草地也开始如梦初醒,进而如火如荼地疯长。雷声从遥远的山岩轰鸣而来,雨点打湿了所有"锄禾日当午"的身影。

我们随意择定一个晴朗的日子,走出城市,走出蛰伏的小屋,投进大自然的怀抱,去重复那些与往年有许多相似情节的故事,让心室在一片绿海中清晰荡漾。此时的灵魂远离寂寞,远离尘世,每位踏青者都被绿色渲染成亮丽的色彩。

道路在六月的田野里蜿蜒,延伸成温馨的祝福和隆起的欲望。站在宁静的阳光里,面对眼前涌动着的麦浪,我们不禁思考:是谁轻轻把眼角的泪拭去,用一双双粗糙的手守望成熟?

我们无须再用语言去表达什么,只有和黑土地,以及黑土地上的耕耘者一起,用汗水把六月的天空擦亮。

不见童年垂钓处

记忆经过痛苦的妊娠，心海便滋生出思想的精灵。

那生我养我的故乡，那给我带来不尽童心童趣的故乡啊！

我拾起春天的第一片绿叶，带着无数次的讴歌返回家园，一路上孕育了满腔热血，片片痴情。

我知道，秋到村庄的时候，将路过我儿时垂钓的地方。那时，一放学或是星期天，我便约上几个同学好友一起来到水泡相连的草地，选择一个鱼多鱼大的水泡子开始垂钓属于我们的梦想和乐趣，掠起的水花带给我们一次次惊喜。

水泡子南面是一片茂密的红松林，林子里林子边的灌木丛长满了各种蘑菇。钓完鱼顺便还可以采许多蘑菇带回家，那就是一顿鲜美的大餐。

真的来到这块地界，我被惊呆了。草地没了，花没了，不用说，我的垂钓之处也无影无踪了。那片红松林呢？早已变成了村民的盖房材料和烧柴，代之的是一块块黄豆地和苞米地。

我很担心，一旦暴雨来了，从没有花草树木的大山一冲而下，那么所有的大田就会长满沟壑，庄稼就会七零八落。增田就会增长吗？我不知道父老乡亲们到底是怎么想的。

我的心被揉搓成斑驳的碎片，胡乱扔在坑坑洼洼的路面，返乡时的画面被重重地刮上一道忧郁的阴影。

赵　富

赵富(1953—　),黑龙江绥化人。著有散文集《不灭的心灯》。

乡村雪歌(选三)

雪　湖

原野雪湖,道道雪凛子,是风吹湖水的波纹;而无数个涟漪圈圈,组成偌大的雪湖水面。

满眼湖雪,无边无际;雪是湖中的水,水是湖中的雪。

庄稼茬子,掩在湖里,像一个一个丰收的里程碑;垄沟垄台,藏在雪中,像一道一道岁月的褶痕。

呵,冬日的雪湖,是开春的雨和油!

雪　静

雪的原野,温柔,宁静。

落步,虽然轻轻、轻轻,但那"吱嘎吱嘎"的细小声动,还是怕打破雪地的宁静。

一年里,春耕、夏铲、秋收,人欢、马叫、机鸣。只有在冰冷的寒风中，原野方能披着雪衣，一个人冷静地思考着明天的温暖春风、绿色田垄。

呵，雪地上那死一样的宁静，雪地下正涌动着千军万马的奔腾。

雪洁

原野上的雪，像一张白纸，铺展开去，洁净，纯白，无瑕。

轻轻地，只是轻轻地，但还是不敢走近，害怕破坏她的神圣，害怕玷污她的圣洁。

谁能保护雪纸的晶灵？

寒风，是雪纸的保护之神；风刀，是威严的镇守利器。

而春风呢，与寒风换岗，却转眼把雪纸融为水，滋润进化冻的泥土里。

（选自《黑龙江林业报》副刊）

郭云策

郭云策(1953—),山东东平人。著有散文集《记忆收藏》,散文诗集《会思想的芦苇》等12部。

山那边

凤凰树开着火焰似的花,染红了黎明。长着水草和音乐的土地上,白鹤们翩翩起舞。诗歌像嫩白的竹笋一样“吱吱”拔节,长成茂密的青春林——在山那边。

阳光肥沃。梦幻和童话,梅花鹿和三叶草,都长成了优美的风景。古老的传说掸去蒙着的灰尘一一复活,露出久远的光辉和宁馨的微笑——在山那边。

秋熟得很饱满。高粱和葡萄串的醇香注满了所有的酒杯。每一棵树的枝头都挂着沉甸甸的丰收果。连石头也开花了,“咕嘟咕嘟”的山泉水吐出一捧捧银光闪闪的珍珠,蹦跳于红枫树的落叶上,像李可染的水彩画——在山那边。

布满荆棘的山路上,我艰难地攀登着,攀登着!

我要去山的那边……

冰　川

七月流火熄灭于你的冷寂，玻璃样透明的日子，夏天也暖不化。

冷峭的风雕刻你，玉的峡谷，水晶的岩，冰的瀑布展示印象派画家的色彩。

没有颜色的记忆，不曾掠过的鹰翅。

也许有三叶虫，沉睡太久了，风吹不醒冷冻的梦。

冰之悬崖流着阳光的乳，蓝天之境照你：处女裸体的美！

啊，冰川，一个洁白的童话世界。

（选自《人民日报》）

王慧骐

王慧骐(1954—),生于扬州,祖籍江西上饶,现居南京。出版《月光下的金草帽》等散文诗集4部和《王慧骐与散文诗》(三卷本)。

春日山中偶得(选三)

二

你见过全身上下翠绿的鸟吗?绿的羽毛绿的脑袋,歇在田野里一根两头被支着的细细的竹竿上。它一忽儿发出脆脆的鸣叫,一忽儿又抖抖翅膀,弹跳着,飞往远处一棵老树的背后。

我注意到,绿鸟飞过的竹竿下面,是一片片被雨水倾覆了的油菜杆儿;而鸟们撒欢的大背景则是那蓝天之下青葱的山峦,远远看去,像一批正值青春的美少年,正列队朝你挥手致意。

三

从这个村往那个村去的路,是一条走了几百年的古驿道,好多青灰色的石板上,留有先祖们使用独轮车而压出的一些不太规则的凹坑。也就在那条路上,我看见一个矮矮的但却挺结实的老人，正迈着步子不疾不徐地往前走着，他的后背上用两条宽宽的布带系着个不大的娃儿。

雨后的阳光照在老人的脸上，他一边走，一边在兴致勃勃地说着话。他的前后没见着人，那神情分明是对背上的娃儿在说。那娃估计是他孙子，还小得很呢，能听懂他在说啥？不过，这又有什么呢，希望总在一天天地往上长嘛。我们通常所说的历史，不就是以这样朴素的方式在一点点地交接么！

四

这些日子在山里尽吃些稀罕物了。尖尖的小野笋，嫩嫩的山蕨菜，还有野芹、水蕨、鸭板青、泥巴菜什么的。有些名字真还没听说过。它们或来自林间，或长在水边，有些就在自家的田头。没有谁去播种，都是山野给乡人的一份恩赐。而这些全是属于春天的，山，用这样的语汇诉说着它们的苏醒。

持家的村妇们一早醒来，踩着湿漉漉的田埂上山去了，不一会儿，那系在腰里的围裙成了个不小的兜儿，捧回来的，是一蓬野趣，和一份待客的热忱。

（选自“中国散文诗研究中心微信平台”）

宋　虹

宋虹(1954—　),本名唐树文,笔名东方樵夫,吉林东丰人。著有散文诗集《微雨丁香》,诗集《肖马者说》,散文集《中年觉悟》等。

最后的船形屋

竹编的泥土的墙,茅草的屋顶,尽量低矮着,紧抓着大地。海岛上的船形屋,留下了黎族先民生活的场景,留下了五千年的历史。

台风,暴雨,酷热的中午的太阳,潮湿的清早的雾……这些事件、这些缓慢而急速的岁月,留在了船形屋的泥土墙上,金黄色的茅草屋顶,暗淡着,在最后的夕阳的余晖里。

我的黎族父老乡亲们,什么时候藏进了深山?

江边乡的俄查、白查,还有水稻,还有鸡鸭,还有一缕缕炊烟,还有最后的船形屋。如果它消逝了,一个民族会因此找不到家。

港

渔船在晚霞里归来了,水面上是摇动的金子。谁家的炊烟,在意象派的天幕上，描了清淡的一笔？

这一天也许是惊心动魄的，这一天也许平淡无奇。

渔家父子抬着沉甸甸的收获，走上岸来，沽一壶酒，再归去。黑色的网在船板上，此时不语。

渔家的女儿坐在船尾，想一点心事，她白色的上衣，泛一片月光。

多么宁静的港湾，一片片船桅啊，这就是家。

渡　口

渡口，这两个字宁静而旷远，这两个字是和远行、送别紧紧相连的。这两个字在荒城之外，这两个字在草木之中，这两个字在春天或者秋天，在清晨或者傍晚，走到最幽深处，这两个字就是离愁了。

渡口应该是有小船的，有披着蓑衣的船家，船家的腰间有一只酒葫芦，酒葫芦里有酒的声音。还有咿呀桨声，摇碎一江落日的光影。那远去的人立在船尾，一柄伞斜在身后，如同隐没江湖的青铜。青衫是一笔浅墨，洇染了此岸的眼睛。

这宽阔的江水上，依然有着古老的落日的余晖，但没有两个人的送别，就没有主题。

（选自《青岛文学》，2016 年第 2 期）

郭　辉

郭辉(1955—　),湖南桃江人。著有诗文集《美人窝风情》《吮吸爱的芬芳》等。

晌　午

一地寂静。

蝉音如水,如香火之上浮动的青烟。小南风从相思港那头走过来——谁的想象开始弯曲?

一群鸡仔摇摇晃晃,在场院啄响细米似的阳光——散落的梦,如何复原?

半瘫的老人,斜躺竹椅上,把沉默压出一声叹息。身后,熟悉得如自己皮肤一般的杉木板壁,隐隐传来上个世纪中叶荷花、桂花和老日子销魂的气味。枕着相依为命的乡村,他要睡了。

要睡了。

亲切的拐杖已在旁边先他睡着,那看透了无常岁月的雕花把手,比老人的头垂得更低。

最轻的影子,最大的风也吹不动。

远处,一件红衣在飞……

红蚯蚓

倘若某天它闯入都市的街道，那些款式各异的时尚皮鞋，会不会发出一声声惊叫？

这只是一种生活的设想。

城市的楼群越来越密集，时尚的高度也一天比一天高。红蚯蚓不关心这些。它是泥土的宫殿里的隐居者，开春了，便打个呵欠，拱出地面，踱着优哉游哉的步子，沿着同样弯弯曲曲的田间小路蜿蜒而来，把洒落地上的鸟啼一路捡起。

春天很近。阳光很低。

穿过土屋、竹篱、树影……它欣然去赴青草茂盛的气味。在泥土下面蛰伏久了，满目的绿，适宜为心情保鲜。它霸气地黏住一缕真正属于自己的阳光，怎么也不想松开这一根充满生命的乡土的神经——紫红而鲜活的一闪，乡村的春天，又高了一寸。

在都市水泥堆垒的硬化风景里，自己找不到栖息之地。

这是一种真实的生活。红蚯蚓明白这个道理。

江　湖

挎一袋子江湖，行走在他乡。

在街头，在巷尾，一声声龙吟虎啸，吸引行色匆匆的脚掌。

提腹运气，能二指断石，收筋缩骨，能一眨眼挣脱五花大绑。

挥动着一把刀子。比比画画，晃花了世道的目光，魔术着另一把刀子，遮遮掩掩，忽地一下，已深深扎在了手腕上。撒点药粉，血就流淌，一滴，一滴，把缺了一角的铜盆当当砸响。

装得下的是喜怒哀乐，装不尽的是世态炎凉。几声喝彩，几声叮当，能不能抚慰疲惫和心伤？

一场一场的人生演绎，一程一程的雨雪冰霜……抱拳团团一揖，最爱把腰弯向故乡的方向；披两肩晚照归去，经常在打尖的客栈烫一壶星光，独自揉揉旧痕新伤。

三更歇，五更起，对故乡的思念从没打过烊。

……耳聋了，眼花了，头白了，背负的仍只是当年的那一囊月光。

少年去闯荡，老来思故乡，死也要回到祖先的坟冈。

丢下胎衣的地方，才能把魂儿安放。

（选自《散文诗》，2006 年第 12 期）

胡绍珍

胡绍珍(1955—),女,四川南部人。著有散文诗集《城市魂灵》及诗集、散文集多种。

红桑果(选二)

一只蚕蛾倒在疲软的翅翼上

一张纸是静止的,最初的生命也是静止的,当蚕蚁破卵一张张纸上,南充就有了准确门牌号。

农家的蚕房里,阳光层层堆码,时间层层堆码。一张张蚕纸,爬出密密麻麻的蚁虫,爬出密密麻麻的诱惑,撒些细碎的桑叶,蚕宝宝独自安静地吃着。

太阳出来,露水晾干,一群蝴蝶在桑园里飞舞,绿浪推涌着绿浪,波涛连着波涛,川北所有的时间在桑园里出没。夜幕下,亮着灯火的蚕房里,晃动着女人娇小的影子,簸箕里的蚕被一只只分拣出来,倒掉吃剩的桑叶。

养蚕,消耗掉川北女子的大半时光。渐渐地,蚕宝宝蜕去黑色胎衣,长得白白胖胖,摸在手上,肉乎乎的,比蚯蚓柔软,比婴儿娇嫩,她们可以咬碎整片的桑叶了。

蚕簸里,蚕虫吃着大片大片的桑叶,发出哧哧的响声。锯齿形的桑叶只剩下叶脉了,像结核病吃空的一扇扇肺叶。许多春天被咬碎了,蚕在一天天突破自己。

成熟的蚕宝宝,亮出精致的水晶宫,开始吐丝结茧。白花花的茧子,外面蓬松,里面结实,像袖珍版的蒙古族毡房。

吐完丝,蚕过着清闲的日子,整个川北大地,躲进白色的茧房里,沉醉于蜜月般的生活。

那蚕,被中国的土地炒晕了,时代的列车驶入另外的轨道上。川北,一只蚕蛾倒在疲软的翅翼上。

梦里的红桑葚

梦里的潮水打着呼噜,一只蚕蛾,从远古飞来,歇在祖宗灵性的桑树上,我的桑园陪着川北一起穿梭悠长的历史隧道。

春风轻轻一吹,桑园就荡漾开来,嘉陵江掀起无边蜿蜒的绿波,向长江流去。川北祖祖辈辈的梦,在桑园里繁衍生息,传承香火。蚕蛾追着蚕蛾,大雁追着大雁,明月追着明月,一匹丝绸牵出一部三国的历史。时间停靠多少码头,繁华就停靠多少码头。

川北的农家,世代栽桑养蚕。川北的炊烟,带上桑叶的味道,飞向月宫。桑叶的芬芳遍布山野,庄稼地,田埂边,山坡上,走着水灵的川北女子,走着五岁和六岁的小妹,采桑的篮子高过山里的阳光,高过她们的成长。

四月的大地,布谷声声,桑园肆无忌惮地扩张。太阳歇在绵软的桑枝上,桑枝压弯了脊背。跳跃在桑枝间的梦,鸟儿把它衔到高枝上开花。

素有"巴蜀人文胜地,秦汉丝锦名邦"美誉的川北,扛着三千多年的蚕桑，在时间深处流转。我有万座群山，万顷良田，几百里江岸，供桑园栖息；我有万亩心思，千首诗歌，被桑园浸染。我怀揣腾跃之梦，游荡在初夏盛大的浓荫里。

川北的莲花，映红桑梓，川北的歌谣，被古老的《诗经》传唱。

川北的女子，哪个不会栽桑养蚕？川北的书童，哪个没摘过香甜的红桑葚？养育桑园的女子，养育着川北的赤橙黄绿青蓝紫。

农家的小桑园，渐渐铺展成大桑园，青海湖飘来了，洞庭湖飘来了，太平洋飘来了。

蚕蛾，歇在我家的桑树上，嘉陵江浩浩荡荡，川北的桑园浩浩荡荡。

嘉陵江铐住了翅膀，我家不栽桑不养蚕，乡村不栽桑不养蚕。

梦里的红桑葚，在深圳赶大集。

（选自《长白诗世界》，2016 年第 4 辑）

鲁本胜

鲁本胜(1955—),山东即墨人。著有散文诗集《从春天开始》,诗集《燃烧的樱桃》,散文集《蓝色的情愫》等。

怀　念

又是祖母的祭日了。弯月如镰,穿过月光下的麦地。儿时的记忆,在久别的念想中,飘过来。

已经记不清了,祖母那双小脚,走过了多少岁月;记不清了,她牵着父亲、抱着姑姑的手上,长出多少老茧;记不清了,她额头上那些沟壑,储存着多少生活的辛酸。

与生俱来的责任啊,像刀子一样切割着她。

她的纺车,转出了无数的星光灿烂,把清贫的日子唱成了一只歌谣;把我清凉的童年之梦,纺成一只月光下面飞翔的夜莺……

她从我的身边经过,她的善良,她的美,照着我的脚步。

今夜,在清明而悠远、凄清的月光中,我看到了比黄花还要清瘦的奶奶,繁华落尽,返璞归真。

我知道，那虽是一只麦穗，我却总是习惯把它看成——

整个田野……

老　屋

梦中，走进老屋。

打开门上的锁，找回了我的童年。

墙壁斑驳，板门夕暮。横过岁月的香椿树，有茂盛的耳语，爬满了格子窗。

依然坐着，四世同堂的天伦之乐。只是时光落满了灶台，锅里那些翻滚的日子，散发着依恋。

土炕上承载着母亲的纺车，曾经层出不穷的畅笑，让人恍若在梦中，画中。

那张旧年画，彩色鲤鱼云气离合，岚光变幻，属于水的气味。跃跃欲试的理想，依然在周身燃烧。

曾经用过的木桌上，煤油灯不在了，可那暗淡的灯光一直在我心头，亮着欣欣向荣的绿色。

抚摸着老屋的苍老与温馨，倍感父母养育的恩泽，越来越暖。

（选自《青岛文学》，2012 年第 5 期）

潘永翔

潘永翔(1955—),黑龙江海伦人。著有散文诗集《时光船》,诗集《红雪地》《灵魂家园》等。

平原纪事(选三)

母性的松嫩平原

镜子照着黎明梳妆的少女,铺展秀发,三千乌丝缠绕着母性的阳光。夜晚,篝火不断,抚慰远方跋涉的身影。羊草一岁一枯,严寒总是在牧羊人的鞭鞘呼啸而至。大雪平铺直叙,情节隐藏在深深浅浅的车辙里。

在水之滨,在秋天之上,走来我美丽而善良的新娘。喝松花江水的新娘,头戴打碗碗花,在月光如水的夜晚,把平原照亮。

在滨洲线上,在火车的奔驰中,我看到母亲站在阳光里,平原的风梳理白发,雨水正在滋润她那渐枯的容颜。

此刻,平原正值怀孕季节,狗尾草、蒲公英、马兰花以及上空盘旋的鹰,草丛中酣睡的狐狸,都自由自在地成长。

母性的平原啊,养育一代又一代传说的平原,正在养育谁的声音?

平原之秋

秋天乘坐一片树叶，涉水而来。荷镰的父亲与遍地的野狐，走向同一个方向。

怀中的江，一天天丰腴，日子一天天消瘦。一盏盛开的野菊花，能否带来令人鼓舞的消息？

在母亲的祷告声中，季节霜天烂漫，田野香气正浓。父亲的皱纹，已储满喜悦。

耗尽一生时光的芦苇，再一次神采飞扬。伸手可及的幸福，来得这样及时。

夕发朝至的列车，满载收成而来。在平原的另一端，我手举酒杯，为故乡的成熟——酩酊大醉。

大风吹过平原

那是一种深层次的抚摸，灵魂在颤抖中悄悄苏醒。雄鹰的影子拔地而起，小草已把爱情收获。

大风吹过荒原，如打开一本史书，深深浅浅的情节里，露出斑驳的季节。

站在高处，体会被风吹过的感觉，体会一种透明的眺望。

此刻，平原的唇上，已是猩红点点。

羊群翻过又一道篱笆，赶赴寒冬的约会。草天一色的波浪，喂养着时间的孩子。

在平原，有风吹过。鸽群掠过树梢，硝烟被风吹散，平原的笑容和美丽，裸露在广场的雕塑上。

（原载《散文诗》，2006 年第 4 期）

徐天喜

徐天喜(1955—),四川南充人。1980 年开始在《人民文学》《散文》等 100 多家报刊发表作品。

紫云英的南方

一

紫云英的南方是三月的南方。

三月的云白了,鸟啄亮了……桃花苞儿还孕着火,芦苇正浅。

紫云英幻想的触须已在湿漉漉的阳光里延伸,在响水的田沟和地角延伸,在牧笛透明音符里延伸……

她的花簇,是春天的小阳伞,斜撑在田野的惠风里,步入“千里莺啼绿映红”的南方……南方的三月是紫云英的季节。

紫云英的南方是羞涩多情的。她把南方的三月占领,把年轻人好动的心占领。

二

三月的紫云英,以紫茫茫的花潮酿成紫色的云锦,从春岚如蝉翼的田野升起来,从梨花雪和桃花雨的山湾升起来。

鸭竿在紫色的云锦里赶着三月的春潮；

麦笛在紫色的云锦里放出三月的歌韵；

牛尾巴在紫色的云锦里晃悠出三月的节奏；

紫燕在紫色的云锦里剪贴着三月的风景；

村姑唱的春歌也有紫云英的浪漫了。

扶犁的小哥哥，看着紫色的云锦，多想撕下一块来，悄悄送给那洞箫一样美丽的桥下正濯洗蚕网的姑娘……

一切都在遐想，一切都在躁动。

（选自《四川农民》）

韩嘉川

韩嘉川(1955—),笔名肖汉,山东青岛人。著有散文诗集《蓝色回响》等,散文集《阳光海岸》等。

老人与狗

猎枪倚着墙角,躯体在暗暗地发霉。

而他躲在窗外的一角阳光里,久久地陷在瞌睡的泥沼里,没有梦,没有挣扎;一只没有沉没的独木舟……

那狗,一只眼睛的内角溃烂了,流着泪;远处的青山也混浊了。它深深埋在主人的腿下,塌了的耳朵,软了的灰毛和条条乏力的肋骨,埋着它,像以往埋伏在草丛里那样合乎标准。可是喉咙,却怎么也压抑不住发出的山风一样的啸声,这使它痛苦,悲哀,从早晨到黄昏,总是哭泣。

它终于耐不住了,爬起来,不敢看猎枪,不敢看主人,更不敢看远处的山,垂着脑袋走去了。

他望见了阳光下这只小小的影子,无疑是一座山远去了;他没有翻动身子,泥沼浸透了他每一束神经,阳光也在冲刷着所有的记忆。草根与鲜蘑菇的气息漫入颅骨,每个关节都散发着森林的雾气……

(选自《海角,亮起了渔灯》,青海人民出版社,1989 年)

蛇

打死那条黄花蛇。

暴雨，在风中披头散发地啸叫着；迅雷，也如摔掉烟杆、捶胸顿足的老汉，怒吼着。一条蜿蜒的闪电被丢向天边，于是出现了一条僵硬的地平线。

（在她展开长发的河流上，竟有船和钓竿；在她舒动的腰肢上，竟有灌木上泊着的阳光。小伙子们六神不安了。）

幽深的吼声，在长长的村巷里颤动；磨坊的窗棂咬着陈年旧纸，咯咯响：

打死那条黄花蛇。

山路扭曲着隐进昏黑的峡谷；月光在涧里呻吟。

（她被各种语言踩过了。她在苍老的山影中呻吟过了。）

扔过石头的孩子，通体发亮，连喊声也被雨水洗得很脆。

而雨后的村子，却依然沉闷。

鸟儿竟依然划出柔动的弧线，河水竟依然流出舒展的纹理，绿色的原野依然鼓荡着欲望；

小伙子们的灵魂里，也有蠕动着的蛇了。

（选自《散文诗的新生代》，宁夏人民出版社，1987 年）

一棵倒下的树与播种的老妪

一棵树倒下了，在田边；两个妇人在播种。

秋日的天空越来越远了，旷野也越来越空。一棵树倒在了田园的旁边，两朵白云跟着风，愈去愈远。

两个妇人在播种，一个在推一个在拉，犁开的泥土湿润黝黑，泛着年轻而古老的光泽；一粒粒充满含义的种子，从指缝间漏下，热泪一样带着体温，滴落在泥土里……

像往年一样那些童年，还在围着树干捉迷藏，月牙儿的媚眼儿痴情地瞩望，而树倒下了，像一截岁月。鸟儿，思绪一样飞走了；甚至，连秋叶都无处附着。而两个干缩的老妪，依然蜷缩在土地的一角，耕耘着一个没有树的季节。

秋风起了，大雁鸣叫着飞走了，水面的苇蒿昂着头，倾听滴滴雁鸣。

一棵树倒下了，在土墙坍塌的院落外面，那土墙黄得像人们的脸。石碾久久无人推动，狗尾巴草攀附着碾盘做玉树临风状地招摇。

崖畔的土地角落里，两个老妪在播种秋天。而季节的白云愈去愈远，沙尘暴与雾霾在糟践一些日子的时候，露珠儿涌出了大地的泪水，而雨滴流到嘴角是酸的……

一棵树倒在了秋天，年轮却依然在旋转。

一个在推一个在拉，两个妇人在播种，小麦玉米抑或其他什么没有定规，只是阳光不再新鲜。

（选自《联合日报》，2013 年 3 月 4 日）

王剑冰

王剑冰(1956—),河北唐山人。著有散文集《苍茫》,诗集《欢乐在孤独的那边》,文学理论集《散文时代》和长篇小说《卡格博雪峰》等10余部。

乡间的花

看到油菜花,立时会有一种触动:色香。

那是颜料调不出来的色彩,是言语无能表述的芳香。色彩的海浪翻动,一片一片的金黄在奔跑。后面的推着前面,前面忽而又推着后面。闹闹嚷嚷,拥拥挤挤,青春的气息也就浓烈地散发出来。

单枝的油菜花构不成艳丽。它们追赶队伍似的在垄渠边、在地埂上向大田里集中,组成一个个色块,仿如大朵夸张的野花,灿烂在蓝天下。感到花的力量,色彩的力量。孤独的凡·高肯定没有找到这种力量。这才是喻示着生命的太阳花啊!凡·高的向日葵黄得有些迟暮。

尚未发育完全的城市,总是向着更远的地方驱赶这些乡间的物种。城市只接受玫瑰、牡丹和月季等缺少味道的种类。

乡间的花,一年年地开,一年年地逝,年年蓬勃着辽阔和生机。让人想起一些女子,默默地美丽,默默地嫁人,默默地再生出美丽的女子。

远离颂词的油菜花，普通得就像这乡间的女子，甚至连名字也普通地相似。

雪　晨

谁做了一个大蛋糕，做了整整一夜。奶油该点的地方，都精心地点到了。直到狗把孩子们唤醒。

狗一定看到了这个近乎荒诞的全过程。

一条小路随之醒来。

没有醒的是在白天和晚间劳累的大人们，他们总是重复着一些有意义或无意义的事情。

雪使邻里之间显得亲近，就像一条新被子下面的爱情。在这样的被子下面，村子渐渐丰满起来。灯笼做颗樱桃，幸福的色彩凝固成一点艳红。

雪将很多东西都变成了柔曼或坚硬的线条。

雪也将一切都简单化了，简单成童年的世界。

看到的只是雪的结果。真愿意这样长久地下去，让路重新开始。尽管明白雪只是表象，很多东西都不会甘心，包括风，包括太阳以及雪下的灰尘。

盼　望

瑞雪盼望丰年，好雨盼望春天。雄鹰盼望苍穹之上，青松盼望高山之巅。河流盼望奔腾不息，道路盼望四通八达。盼望是一种调节，一种平衡，一种解脱。

人亦如此，每天总有盼望，大大小小的盼望构成上午、下午和晚间的时光。孩童盼望长大成熟，女人盼望青春长驻，男人盼望事业有成，男人、女人和孩童都盼望得到尊重。有了苦恼盼望倾诉，有了快乐盼望相告，有了收获盼望共享。朋友盼望真诚，爱情盼望果实，家庭盼望和谐。

盼望让人产生联想和快感，让人健康精力充沛。盼望有信来，不管是谁的，会为这信去分享一段时光。盼望电话铃响，最好是亲切的声音，使那根线发烫。早间听预报盼望有个好天气，晚上看联播盼望有个好消息。约会前盼望时间早点到来，幸福中盼望月光晚点消逝。上班烦了盼望出差，出差在外又盼望早归。

盼望让人一天天新鲜，又一天天老去。不管你想通想不通，盼望总是你生存的目的，如果有一天再无任何盼望，你的生命就到了尽头，而绝世又何尝不是最后一个盼望呢?

多些盼望吧，盼望越多，越会有兴趣，越会有满足，越会有活头。

你现在盼望什么呢？我盼望知道。

（选自《散文诗世界》《散文选刊》）

徐　泽

徐泽(1957—　),江苏海安人。著有诗文集《风中的小鸟》《尘埃》等。

一个人的河流(选二)

故乡的青坟

乡风是甜的,那是春天的乳汁在流淌,

故乡的青坟多像母亲的乳房,香案上倒扣的旧瓷碗也像母亲的乳房;

山风飘摇的老屋里唯独不见母亲,你挂在墙上的照片,已永久地留在岁月里,

就像春天也是短暂的,山里的花朵还没开放;

又被寒风吹去,蒲公英从一个山村飘到另一个山村,

田野的薰衣草紫云烟是蓝色的,野丁香和勿忘我是苦涩的……

母亲啊母亲,我多么想在你的怀抱再痛哭一场,

蓝天是干净的,秋夜中的雨水也是干净的……

故乡的稻草堆早已冰凉,再也没有羞涩的太阳和青草的

气息，

半个月亮升起来，还有半个月亮沉落下去，

我抓到乳房如抓住冬天干瘪的大地，那像空布袋一样的乳房啊！

你哺育了静美的乡村，也哺育了我永远长不大的童年，

风往一边吹，吹得我夜色中的心事不断乱飞……

我已无法找到当初的家园，两手空空的我再也无法走进村庄，

也无法在母亲干瘪的乳房里听到秋风的吟唱，除了庭院中的那口映着月辉的老井，

还有谁的影子像秋风中的芦苇向大地低下沉重的头颅？

这世界如果还有一只干净的乳房在大地的怀中珍藏，

如果河流还流淌着月光中永恒的歌声，我开始双手合十祈祷，

如一朵莲花，带着对上帝虔诚和颂辞，我的世界在哪里？

我不要罪孽深重的淫欲，也不要金钱垒筑的坟场，我只要一丝自由的轻风，

我的大地，我的乳房一样高耸的山丘和腹部一样柔美的平原，每当我轻轻地走向你，

我首先要洗净双手，迎接这春天的盛案，并在苦涩的甜蜜中奉献一生！

时光的诗篇

时光睡了，又一颗成熟的果子在坠落；

屋里的灰尘太厚了，早晨的阳光暂时还照不进来；

我们想出去，才知梦中的楼梯断了，洪水一下高过我们的头顶。

你走过的路，我还在走；你掉落的头发，我还在珍藏；

但所有的故事都老了，没有一声叹息能赶上自由的风声。

纸是白的，雨水是新的，新娘的花衣是蝴蝶蜻蜓送来的。

谁还会数着雨水过日子，谁还会在黑夜看清闪电，

秋风吹着落叶，这是谁的脚步，在一弯秋水里走远了，

海边的星星，每一颗都很晶亮，在时光中堆起雪白的波浪。

我宁可交出平静软弱的一生，也不会交出窗外天空飞翔的翅膀！

岁月不会比我大山般的抬头纹更苍老，

也不会比我膝盖跪拜去西天取经的心更虔诚……

如果有一块石碑，不会冷却火焰的文字。

每次从小路走回来，心中的树又长高了许多。

青春还在生长，青葱朦胧的日子像翻阅纸牌一样翻阅我们的诗篇，

谁还会从一幅宁静优美的画中，看清苍茫的夜色和风沙弥漫的世界？

你我已老了，所有的刀子都是柔软的，像春天的花枝划伤季节的面容！

（选自《2013年中国散文诗精选》）

刘俊科

刘俊科(1958—),天津静海人,现居青岛。著有《心灵天空》《时·光》《飘带岁月》等。

向对岸望去

江水漫漫东去,似在回眸。

楝树伸个懒腰,划破黎明。

站在岸边,一些优雅的身姿滴着梦里的露珠,这便是在水一方?

向对岸望去,雾气不断收留着晨辉,一只水鸟练习掠水而过,鸣叫,听不出欢悦还是悲伤。

一个北方男人,看着慢悠悠的江水,沧海已经不是沧海,我为自己的陌生,心怀歉疚。

当然还有寂静,在河之洲的寂静是返璞归真的寂静。心在水间,想象一苇杭之,不需要哪个来渡我,彼岸在,我自己就可以站成滴水观音。

向对岸望去,一个常常看不到彼岸的北方人,结结实实地看到了对岸,面向江水,我暗自起誓:休谈远方!

掠水而过的水鸟,把带起的水一滴滴还给了江……

我在夏天里等待一场雪的到来

阳光把我的影子按在大地上，像一阙水调歌头。

时间就是距离，爱情是可以忽略速度的。

我隔着一个季节，等待着一场雪的到来。

我想倾听一只猫走过雪地的声音，或追看一只鸟飞过头顶的影子。

轻轻地滑过，按摩了我的情感，让爱复苏。

溽热的夏天，思念一滴滴渗出皮肤。

汗迹蜿蜒，九曲十八弯。我的身体就是思念的河床。

东风吹，思念变成盐。

记忆是烧成的陶，即使碎了，也变不回黄土。

而夏天是最脆弱的风景，蝉的苦吟，加深着热烈的虚无。

人生就是一念，此念就是此生。

所以，我急切盼望一场雪，覆盖我心灵的天空，让自己感觉到自己。

你是不是也在等待一场雪呢?

你等，我等。

你在，我在。

梦里有漫天风雪，谁是风雪夜归人呢?

其实，即使雪来了，我还是期待下一场雪的到来。

我不属于南方。水向东，我向西。

（选自《青岛文学》，2016 年第 12 期）

耿　翔

耿翔(1958—　),陕西永寿人。著有散文诗集《岩画:猎人与鹰》,诗集《母语》《西安的背影》等。

看见鸟群

飞临我们的村庄,鸟群,在树木之上,长成一种动人的象征。

几根羽毛,竖成让农人激动不已的旗帜。

看见鸟群,忘了日子长在土里。

天空飘满鸟群很稠的歌声。飞遍所有的田亩,却有一串眼泪,滴成一把动情的颗粒。

阳光下,往事,熬红我们的眼圈。

站在树上,和村庄一样,鸟群一生,都在为庄稼歌唱。俯下身,在一片悠远的回声里,许多人寻找着,今生今世的真谛……

这时候,庄稼,也站立在一种欲熟未熟的痛苦里,和我们一起,很庄严地看见鸟群。

男人不在的时候

很多日子,是一半残缺的月亮。

挂在村庄的上空，野罂粟开得寂寞无主。

男人不在的时候，村庄，就躲进女人的眼睛里。就有荞麦之花，开一坡红红芬芬的幽怨。

站在远处的山坡上，以手加额。这是村庄，重复着很久以前的姿势。

往事如烟，却无法诉说。

攥一朵荞麦之花，有两颗黑麦，正在手心里流泪。捧起来，原是两只动人的眼睛，和村庄，相对无言……

这些日子，女人们，远比满坡的荞麦花，还开得急切啊。

我们的土地

栖身于你的一隅，我们是一群不声不响的牛羊。跟定季节，在一块天空下面，四时流浪。

走在一些庄稼的边沿上，阳光，溜达成嚼不断的草色。

于一种思念里，把双脚植入泥土。

许多庄稼，亦如我们，一生都在地面挣扎。

土地，却依照季风的指示，普度着离离原上之草。长在一堆很干的黄土上，几株植物，羞于启齿地诉说着水。

自地下流过，千年不竭啊，是同一的命脉。

面对土地，我们覆盖于天空下的额部，已被岁月摸捏成一片复杂的地形。有几株庄稼，开始在上面扎根……

（选自《散文诗》，1993 年第 2 期）

皇　泯

皇泯(1958—　),本名冯明德,湖南益阳人。出版散文诗集、诗集、专题片等8种。

月塘壛纪事(选二)

月塘壛的女人

月塘壛的女人。

过去紧裹三寸金莲,在吊脚楼门槛边如鼠,啃空的谷壳瘪瘦了岁月。

有一次翻过门槛,窜上麻石街,被满街的月光追逐。

于是,门槛加高了三寸,拦住鼠和金莲。

月塘壛的女人。

后来高挽起裤腿,去壛下试水。

壛下的水只是古老的传说,一两汪坑坑洼洼的积雨,还淹不湿脚背。

微露的本能,被目光洗亮,也粘上淫意的唾沫。

于是,只有泡在自己的倒影里,享受自怜的水。

月塘壛的女人。

如今穿起了无袖裙衫，一片娇嫩的胸空，飞过媚眼。

有语言冷风一样刮过，骄傲的羽毛纷纷坠落。

阳光下的翅膀，也有影子。麻石，生硬了时间。

月塘塝的女人哟！

从古至今有一面梳妆镜，就像塝上那口幽深的古井。

用长长的绳缆打水，旧绳断了，又搓新绳。

回想多前年的一次洪水，月塘塝的女人，赤条条地溺水，也不呛水。

才知，月塘塝的女人，是月塘塝的水。

月塘塝的男人

月塘塝的老爹，是那一声老似一声的梆声。

酽酽的粗茶，泡着暮年，陈年旧岁的话题，在黄昏里酣眠。

竹靠背椅上，斜躺——是一杆古铜色的烟壶，长长地、长长地袅着悠闲。明明灭灭的日子，抽尽了生命的泪和血。

扶着木壁，立起——是吊脚楼枯瘦的腿，颤巍巍地站在塝边，虽然塝下并无水，仍是拴着岁月的船。

即使，朽得再也撑不住身子了，就地耸起一堆人字形的土，企望，萌生几叶嫩生生的春天。

月塘塝的汉子，是那条平平仄仄的麻石街。

趺趺绊绊地铺垫日子，从头到尾，又从尾到头。

累了，就烧一壶酒，两勺红糖、三粒胡椒、四五块木炭，窜起火苗——

又涩，又辣，又香甜。

热乎乎地生活，抿得有滋有味，之后，醉倒在女人的怀抱，有节奏的呼噜，唱着惬意的小调。

月塘坳的小伙，是古庙檐角，被现代风摇响的铜铃。

叮叮当当，叮叮当当，响入幽远的时空。

离开月塘坳很远很远，又回过头来，穿祖母一针一线纳的布鞋。

舒适，隔潮，耐穿。

与月塘坳陌生很久很久，仍改不了拗口的乡音。外语单词会写却读不准，偶尔，写几篇小说或散文，浓郁的地方特色，却能在文坛引起轰动效应。

月塘坳的伢崽呢，是录音机里入睡的梦。

从摇篮曲开始，已老掉了牙。

那一把长命锁，再也不锁无邪的天真、神话和传说，变得真实起来。

黑夜，再不做黑色的梦。

夜的梦，已透明。

（选自《索桥散文诗》）

白　涛

白涛（1959—　），蒙古族，内蒙古包头人。著有散文诗集《蓝色的母亲河》及诗集、散文集多种。

倾听马群

是起伏烂漫的草海，是绵宕远去的一派苍茫。秋天干燥着，漫坡上，尖草的火苗在摇曳燃烧。

隐约，几匹马的影子在搅动沙尘。眺望坡梁，看见它们远远驰来，转睛的刹那，又没入滩子里的深草……

这是在几里开外，马儿们奔跑的声音根本就听不到。在马群将至的空隙，有几口酒儿碗茶喝喝，最好！

这是最寂静、最沉闷的瞬间！

等那大马群过来，心气被酒酣燎灼着、燎灼着，渴望进入另一种佳境……

地心蠕动了！一下，又一下……脚下的漫坡颤抖了，蒙古包的哈那支架在嘎嘎作响。黄膘马绕着柱子仰蹄前刨，响鼻与嘶鸣交杂，蒙古包前一片忙乱！

沙山的瀑流在飞速倾泻……

顺着马儿咆哮的方向远望——平地而起的沙暴卷上了天空！

呜隆呜隆的沉重声响，仿佛大地风云怒吼的汹涌，草海的起伏一浪推着一浪、一波连着一波。

都说这茫茫草原在千万年前曾是深不可测的古海……

眺望天边，就屏住呼吸，倾听那轰烈巨响一阵强似一阵地撩动我年轻的心！

（选自《散文诗》，2002 年第 8 期）

阴山牧马线

勒马阴山，马首向南。

一个人回归北方草原的时候，身后绵延的背景该是阴山。

这一路，你要寻找什么？

阴山——牧马线……

一道道长城的锁链缠绕着它，背负着的是历史，层层叠加的重量。

那些走西口来的汉人，走的最远到达最北的地方，就是阴山。

阴山的沟沟壑壑是他们的栖身之所。他们浮过黄河，涉过沙丘，翻过大青山，找到一片片山洼，定居下来。阴山北坡余脉的春坤山下，一个三五户人家的小村子，竟然唤作“大地渠”！这些农民之子，一块小小的土地，可以养家糊口的土地，就是他们心中的大地！

而他们村子北面，辽阔的荒野，就是牧马线。他们不会越过这条线。他们的先民告诉过，再向北走就没水吃了。一个吃米面菜蔬的民众，没有水吃是难以想象的。阴山，是农民们最后的目的地，用肉食酪浆来代替米面蔬菜，这些人恐怕会肠子疼的。

于是在他们的房前房后，荞麦和油菜开花了，胡麻和葵花也开花了。况且，泥巴与马粪糊成的土房房，挤挤擦擦地已传了三代，没有谁说得清是从哪一代开始，就在这儿扎下根儿来。去问，只说：从俺老爷爷老娘娘那会儿就来……

米面、菜蔬、驴骡与肉食、酪浆、骏马，养育和锻造着截然不同的族群。

牧马线，就横在那里，就是一条隐隐约约的线。

就在那片开着荞麦花、油菜花的地方。

有人在很早时候，就越过了这片花开地方。不是向北而是向南。匈奴人、突厥人、鲜卑人，以至几部蒙古，都向往南方，跨过牧马线，最终使自己淹没在那一片庄稼花开之地。

也就在那片花开之地，沙陀国与敕勒川，仅空余下一个个空空荡荡的名字……

最后的蒙古人，我和他们一起守着自己的草原，守着一丛尖硬的碱草、一捧白色的针茅，一摊浅浅的水淖、一片稀疏的马群……再不可向南，再向南则闻不到清清的草香。

马腹之下，依然是荞麦花与油菜花在盛开……

马首向北，是故土和原乡，是母语和亲人，我的出生之地，小小的诺特格老家。

马首向北，是骏马嘶鸣之地，灰鹤飞掠黄昏之地，我泪眼蒙眬之地。

向北，再向北，海拔在渐次升高，夜空中的北斗七星愈加明亮动人。

我总在旧历十五前后，一个人坐在衰草的漫坡，对着高原辽远浩茫的夜空，听不远处传来暗夜里马群的响鼻和嘶鸣……

（选自《人民日报》，2004 年 5 月 5 日）

李松璋

李松璋（1959— ），黑龙江哈尔滨人，现居深圳。出版散文诗集《愤怒的蝴蝶》《羽毛飞过青铜》等多部，部分被译成英、俄、日等国文字。

猎　人

透不进风来的密林中，无数恶毒的眼睛追踪着你；而你，在寻找野兽。

早已夜幕四合，早已没有了星光。从准星圆圆的缺口望出去，每片树叶后面都隐藏着杀机，每块石子下面都有百足虫让人心惊肉跳地出没。

（而杜鹃，在那次剧猛地咳血之后神秘地死亡。追悼会一再拖期，她歌唱过的地方树木葱茏。）

你寻找野兽，野兽也在寻找你，在这个只有幽默意味的季节，所有生命都是猎人，也都是猎物。

手握的地方，枪身涔出凉凉的汗液。专司死亡的家伙也会分泌出恐惧或忏悔吗？

……猎人寻血腥而去。透不进风来的密林，人与兽，也许将选择同一个地方长眠；或者，相视良久，化干戈为玉帛，笑出同一种声音。

没有天鹅的湖

衰老的岸，摩挲着发胖的湖水的肌肤（谁让她无所作为）。半生寂寞，化为随风瑟缩的沙含混独语。

白桦林，将俏丽的影深深掷下。荣枯几载，仍不见寻爱者从远岸匆匆走来。

湖心没有旋涡，没有爱也没有恨！愧悔和忧烦都在水藻下面积蓄着，腐烂着，也许死亡，也许变成红的冷艳的珊瑚。

湖里没有天鹅。

没有能够让丑恶、野蛮和枪口战栗的洁白……

（选自《散文诗》，1989 年第 10 期）

王猛仁

王猛仁（1959—　），河南扶沟人。著有《养拙堂文存》（九卷）等。

怀乡书（选三）

一

就像雪夜中远远孤立的一株老树，裸露全部透明的纤指，用生命，拨响故乡破土的民谣。

在那古老的太阳的升落处，任由西北风穿过一堵土墙，望着我的黄泛区，俯拾父亲壮年时踏烟的步履。

尖峭的冷风遁去。空虚的灵魂，勉强地支撑着行将老化的骨架。

我不相信，梦也有睁大眼睛的时候。那只颤抖的手，一辈子也没画出一个标准的句号。

其实，压雪的枝头，一直伸展着洁白高远的渴望。昨天的风景已幻化成一朵美丽的小花，在自然的微风中彰显伟大的力量。

心的火焰，灼痛了时光的前额，期冀一缕霞光的闪现，映照出眼前静默的天空、田野、草木及鸟鸣。

星夜万物的絮语，总是跳动着沃野的喜悦。

当心头的秘密瑟瑟颤动，仿佛有双鼎力的巨手，掠过田野，把我的诗歌召唤。

而今，只有一个无声的影子，站在村头，看夕阳的余晖反复消隐，或者升腾。

风，吹落了无数浓密的叶片，剩下的虚幻之美却蝉羽般单薄。

一些扎根乡土的农谚，天天在我走不完的乡间小路上伸展。

渴望在寒潮来临之前，我和它们一起被阳光照耀。

二

独自站在炊烟飞扬的黄土地上，大地沉入秋收后的寂静。

当年，我们曾簇拥着走过村庄的角角落落。

在十二月的冬天里，你悄然来到我身边，把我柔弱的身躯，紧紧地裹进你宽阔火热的胸怀。

年复一年，村庄寂寂。时光长满了青苔，坐在窗前，遥想一颗孤零的星在踽踽远行。

今天，只剩下深深浅浅的脚印，以及砌进土瓦房的童年之梦，静若微风中的莲花清幽，痴痴地，注视着，冬日里名副其实的寒冷。

一个个枯萎的日子，在浮泛、喧哗的拥挤中，忍不住抬头仰望，向着北方，向着家的方向，去叩你的翡翠之门，在你的绿风下，久久伫立。

此刻，天与地的位置，我与家的位置，已被严重的雾阻隔着，不见缝隙。

你的孤独已经渗透了我的忧郁，空旷茫然的夜空，再难寻觅草篱结成的小径。

万物在时光中一并老去，我依然沉醉在你天真的展望里。

那时，我的梦多如花蕾，那金黄的颜色，只留下两个人的吻印，布满大地。

百花谢了，却有一股清香从遥远的天边飘来，落入无言的空白，盘旋在我的头顶。

我等待，等待新的黎明，再次启程，翩飞在你的窗前，像蝉一样，苦吟着你的诗篇。

三

故乡的身影，一瞬间从手心间滑落，跌入一片无人看守的空林。

一朵晚间的花，在梦中开放，伏卧于枝头的寂寞，轻轻摇醒远方的天空。

即将步入暮年的我，捕捉从豫东平原一个不为人知的角落，隐隐传来的思乡的呼唤。

那时，许是有诸多不可名状的东西，在各自的心灵幽径次第展开，那藏匿已久的神秘。

夜的月光，走进去，便涉进故乡弯弯曲曲的胡同，洒落在童年高高低低的田埂上。

大雁划出远翔的流线，欣然回首，郁郁葱葱的田间地头，没有迟疑，没有嫩绿的稚情。当年的蛙鸣，且惊醒一片梦境。

还有，童年遗落于村头打麦场上的纸风筝，想来，这都是无可复原的飞翔旧梦。

时光漫过记忆。

我的梦已无处搁置。

唯静静的颍河水，天天寻觅，那已遥远的初衷。

此刻，历经沧桑的心，在为谁撬动？

（选自《今日周口》，2017 年第 1 期）

厉彦林

厉彦林(1959—),山东莒南人。著有诗集《裸露的灵魂》《都市庄稼人》《灼热乡情》等。

土 地

黄色的肌肤掩埋着英雄的剑鞘和一部辉煌的历史。

露水、蝶翅和庄稼。烈酒、老烟和锄头。生命、爱和死亡。被岁月咀嚼成云雾,披挂在坚硬的脊背上,复活一种远古的沉吟和黑陶罐张着嘴巴的呼唤。

跪地而卧的是一茬茬作物和汉子。伏地而起的是一种性格和风骨。温情的目光种植星光和醇香的谣曲。舒展疲倦的四肢,拔节的绿生灵吮吸雨、风和太阳的豪气,姗姗迈入盛花期。

血淬一张犁,翻耕板结的土地。

汗磨一张镰,收割命运的果实。

山 民

绿色的植物,背朝蓝天与骄阳,扎根贫瘠的山寨,在交替的四季里蓬勃。裸露的脚趾是一种坚韧的根,牢牢抓住每一块岩石,每一寸土地。

日月星辰在手臂上起伏沉落。狂喊一声，电闪雷鸣，甘洌的乳汁横溢，喂肥一垄垄生命，一行行播种谣。

绿荫下没有苔藓繁殖，枝头上没有阳雀筑巢，重压下没有迟疑呻吟。每一件农具都能在岩石上敲打自己的名字，每一次耕耘都能叩响大地沉默的语言。

年年发芽，季季开花。田野因此而丰满，披穿斑斓的罩衣；茅舍因此而多情，吐露温柔的炊烟。

枝干善良而纯净，林立于恢宏的二十四史；叶片宁静而透明，摇曳主宰自然于社会的旗帜。

（选自《青岛日报》）

姜　华

姜华(1959—　),陕西旬阳人。出版诗集《生命密码》等7部。

桃花的情事

春天,浪漫而多情。而桃花,最是情种。

它是谁的情人。

天性浪漫的桃花,专门选择在春天出嫁,她多像我乡下的妹子,一夜之间,脸就红了。

想开你就开吧,想红你就红吧,这些乡下疯丫头,在乡村一面山一面坡奔跑,用火一样的激情,烧红了乡村的欲望。

当一个春天来临时,我回到久别的乡下,曾经视野里那抹粉色,却渐行渐远,只在桃树下,留下叹息。

咫尺天涯,遍地落红,是伤口,或是疼痛。

桃花的姻缘,是命。

樱花白得叫人心虚

谁能知道樱花的身世?它的命薄如一张白纸。

在春天，樱花站在村口，一身素装，她苍白的表情叫人心虚。

在一片白色的世界里，樱花裹紧了春寒，和内心期待的小小的红。绽放的疼痛，成长的忧伤，分娩的痛苦，像一群白色的蝴蝶，伴着命运一起飞翔。

春天的方言和手语，有些冷。

努力把世界开成一种颜色，独有的气味，行走的姿态，散发的芬芳，忠贞、内敛、含香，多像我的前世，那个叫樱子，爱唱山歌，一身草味的女人。

在春天的原野上行走，一个男人的思绪也在开花、追问。我仿佛看见一位在田间奔跑的女子，怀抱前世，高举卑微的信仰，怀春出行，前程未卜。

那一片白，摇曳在春天的视野里。

让人绝望而忧伤。

梨花在细雨里绽放

梨花站在高处，她是孤独的。

而往往需要仰视。

生长在高处的梨花，往往被春雨、春风和蝴蝶引诱，她大朵大朵，悲壮而惨烈地开放。她们一起拥挤着，争相为夏天献身。

春天，在梨树下行走，梨花，这些身披素装的古典女子，像一群女妖，不经意就拿走了你的魂魄。

在乡间，我不敢说梨花的情意，如梨木一样坚硬、密实、纯粹、一尘不染。就像我当年的邻家表妹，为了守护一句爱的承诺，宁愿一次次错过花期，最后在枝头上枯萎。

在细雨如丝的日子，你看那一朵朵，守望在枝头的带雨红颜，她们压制住自己的欲望，平静地生长，开放。

一声叹息，花期就过了。

（选自《大沽河》，2017 年第 1 期）

王明伦

王明伦(1960—),山东青岛人。著有诗歌、散文集《琴屿海风》(合著)。

黎明速写

早醒的夜,悄悄乘着微风走远了。

最先打断蟋蟀的歌声的,不是报晓的雄鸡,不是熟悉的犬吠。谁家闹钟的笑语,吹熄了一盏盏疲劳的街灯。

从林中飞出的鸟儿,落上颤颤的高压线,去倾听凝聚了一夜的讯息。

独自唱着夜曲的小河,又印满姑娘们窈窕的身影了。红的、蓝的、翡翠色的连衣裙,在水波间飘曳。

古老的山歌,也因水的洗濯而清澈。像山间玫瑰色的薄岚,缓缓漫游在村子上空。

放暑假的"红领巾",赶着洁白的羊群上山了。肩头的黄书包,替代了传统的绿竹笛。

蓦地,解放车吹响金色的长号。饮满淡蓝色泡沫的牵牛花,吐出了绯红的云。

你厮守着夜

夜，远离村庄的荒坡。

草棚边，你厮守着。厮守着那片青青的果。

那根明灭的长烟袋，如一张豁牙齿的嘴，低声絮叨着辽远的神话。（古老的夜，能听得懂吗？）

你知道，歌声和爱情是属于年轻人的。幽幽的月光和清凉的晚风，是对于忙碌了一天的青春的心的慰藉。促织娘的琴音能挽住旅游的萤火。青春舞会上，多瑙河蓝色的波光，会使年轻人如痴如醉。

况且，少男少女们初萌的恋情，正如青绿的酸苹果，还需要时光的催化剂……

于是，你选择了夜，选择了冷清与孤寂。半坡人圆形屋一样的茅草棚，贮满了你—— 一个看果老人晚霞般深情的眷恋（也许，还有一个不为人知的秘密，林深处，你面对一丘青冢，夜夜将心事向早逝的老伴诉说）。

斗转星移，花开花落。夜夜都见草棚边你硬朗的身影（虽然村里的敬老院，已为你铺好舒适的钢丝床）。

呵，看果的老人！我知道，即使厚厚的黄土将你覆盖，宁静的夜晚，也会见到点点磷火。

虹

泉生在高山。那儿,是美丽的伊甸园。

深壑。幽林。隆起的巉岩。蹒跚的流水步下山来,在村头积成混浊的一湾。

汽车已开上山巅了,果树已栽进云端……

哪一天,才能饮到洁净的山泉水呢?

几代人的向往,就像峭壁上栖居的鹰,总在那变幻莫测的云空盘旋……

远来的风吹散久压的云,理想的种子染满香喷喷的光。村民会上,年轻的村长,将蓝图展开:

在山上截流,铺长长的管道,让清泉水流进每一个农家小院。

于是,每当拂晓和黄昏的时候,那条盘山路上便挤满了年轻人。他们从山下背来洁白的细沙,为贮水池铺上厚厚的滤水层。

已习惯了独家劳作的年轻人,又沉浸到集体生活的欢乐中了。

开山炮唤醒了沉睡的岩石。

清清的泉水流下山来了,吸满阳光的山村,扬起一道道七彩的虹……

(选自《黄河诗报》,1986 年 1 月 16 日)

方文竹

方文竹(1961—),安徽怀宁人。著有散文诗集《美人香草》等21部。

泉冲村

金子落地,变成了阳光。

银子落地,变成了月光。

童年的蚂蚱,拎起了一桶的纯情。

暮色堵在我的心口,这时候的拖拉机像一头笨拙的小兽。

寡妇进村,像一堆新鲜的粮垛。

浪子出走,一座山换成了一根扁担。

瓷器让丝绸擦亮。大米让清泉漂白。蜡梅让飘雪抚摸。小孩让山鬼吓跑。土墙让狂风刮倒。小学让钟声浮起。

……祖先的遗产:一块泥土与一块泥土的模仿。

那是空空的口袋,选择一种方式:逆水行舟,隔岸观火。

那是命运的小趣味:把梦幻吃光。

(原载《星星》,2006年第4期)

洪堡镇早市

月光压住了群山。

群山夹着的洪堡，像一粒黑色的甲虫，蜷缩着。

昨夜的月亮，就像今早的薄饼。一天之食在于晨。正当饥饿的我，却拾起一根春天的手指。

洪堡镇是我的故乡，许多不能食的东西正在生长……鲜花模样的水泥得寸进尺。

那些后生们赶来了，我不再叫他们大宝二宝小宝……或许这只是空洞的名字，或许现在的一些物品正在贬值。

而那些月光中走来的人们，像钉子越来越细。

村庄里的母亲

—— 一间小小的平凡的屋子。

遮风挡雨，吃饱，穿暖，睡香，油盐柴米调配着生活的温馨，幸福涌动在人世的低度。

母爱看得见、摸得着，像满脸镌刻的皱纹见证着岁月的风雨。我的母亲不是大地，不会那么宽阔、伟岸、雄厚……我的母亲柔弱、胆怯、细小，像春风化雨，滋润着生命的乐园。母亲正是我心中的大地！

—— 一座小小的炊烟袅袅的村庄。

没有迷茫、虚无的远方！村前的小河流淌着明亮、真实的人生，那是母亲的版图。我的母亲一辈子没出过远门，不向往高楼林立的大都市，而只在几块田地间日出而作日落而息。母亲只认得夜路、不喜欢仰望星空……可是母亲有时候一只手打开春风，一只手播下时光的种子，我的心底爬满乡愁。

——六个儿女，儿孙满堂。

如今儿女天南海北，母亲还在守着那一方水土，可是心间却装着到外省谋生的儿女。母爱无边，永远没有山穷水尽的时候。

那不是吗？一个小小的老态龙钟的身影，两千多年的身影中的一个，这正是我的母亲！一个普通的农妇。

微驼的背。粗糙的手。花白的头发。唠叨的性情。缓重的脚步。

在人群，你不会注意她。

在名人谱中，她不沾边儿。

在英雄的行为里，她没有那能耐。

可是我的母亲，却是一个平凡的英雄……我有一千个方向，一万个方向，但是有一个方向永远不会改变，那就是母亲的方向！

——温暖。无私。包容。忍耐。善良。奉献。

“父母在，不远行”……可是我偏偏要离开家乡。

在千里之外谋生，一年仅见到一次母亲……多少次瞩望，只有一个方向，那就是皖西南的一个山村。这一次，我和她终于——

在一首诗里相遇。母亲，沿着您的方向，还能看得到我吗？

（选自《隐身人之歌》）

姜言博

姜言博(1961—),山东平度人。著有诗集《第二支歌》,散文诗集《双桅船》等。

古　道

很窄,如今窄得仅能容我一人畅行。

路面上长满野草。偶尔生长一些庄稼,却没有野草的蓬勃与葱郁。

不见当年似锦繁华,历史在变迁中会有生有灭。

突然遇见迎面走来一人,我便躲到路边。

锄头告诉我,这是人家的土地。

一场春雨在夜里不期而至

桃园在早晨的时光里笑得天花乱坠。

一场春雨在夜里不期而至,干瘪的桃园被滋润成风韵十足的少妇。

早晨。盛开的桃花鲜艳欲滴,像极了粉红色脸蛋的少女。

在夜里，独坐乡村庭院之中，听雨打梧桐的声音。忽然，想起一支小夜曲，将江南的伊醉得东摇西晃。江南，多雨的江南。

而我的北方曾经干燥，即使大雪之后的春天也难以滋润心灵。

一场春雨在夜里不期而至。我如何不能快乐地倾听雨吻大地的声音？

何况早晨的桃园如此美丽，我又如何不能高兴地做一个护花使者？

立 夏

从早晨到中午一直到夜晚，依旧不敢相信春天离我远去。

立夏之日，蝼蝈鸣，蚯蚓出，王瓜生。

然而，阳光依然如春，温暖的风却开始冲洗夏天的杂质。

成熟的日子不一定干净，渴望一场大雨，涤荡中年的灵魂。

我感受到季节的思想并不单纯。

（选自《双桅船》，团结出版社，2017 年）

箫　风

箫风（1962—　），本名温永东，江苏沛县人，现居湖州。著有散文诗集《沉思的花瓣》《思念的花朵》，编选《叶笛诗韵——郭风与散文诗》（三卷）。

春　分

白天与黑夜分享着春天的快乐——

黄鹂在翠柳枝叶间穿梭啼鸣，紫燕在斜风细雨中翩舞呢喃，蜜蜂在花蕊心房里低吟浅唱……

这是昼间欢快的乐章。

蛙鼓的初鸣怯怯地开放了，夜莺的欢歌悄悄地唱起了，虫儿的心弦悠悠地拨响了……

这是夜间婉转的吟唱。

绿叶与花朵分享着春天的美丽——

柳丝儿荡起绿色的风，草芽儿摇起绿色的旗，麦苗儿唱起绿色的歌……深绿、浅绿、墨绿、翠绿、碧绿、嫩绿……

这浩浩荡荡的绿潮，鲜亮了春天葱葱郁郁的主题。

粉红的桃花开了，浅红的杏花放了，火红的杜鹃笑了，还有那金灿灿的迎春花、紫艳艳的丁香花、雪白白的玉兰花……

这五彩缤纷的花朵，丰富了春天流香溢彩的意蕴。

少男与少女分享着春天的甜蜜——

女孩儿好似枝头含苞欲放的花骨朵，亮丽了春天迷人的风景；每个男孩都有一个开花的梦，都想读懂那本关于女孩子的书。

三月里，男孩牵着女孩的手，女孩牵着花朵的手，花朵牵着春天的手，一起走进大地的怀抱，一起走进明媚的阳光，一起走进甜蜜的爱情……

是啊，一切美好的东西都应当共同分享。

——这是春天告诉我们的！

小　满

小满，是通往成熟的驿站。

这时节——

麦穗儿灌满了雪白的乳汁，

豌豆荚装满了翠绿的珍珠，

枇杷树挂满了金黄的喜悦，

桑葚果储满了紫色的甜蜜，

连芦笋青青的池塘里，也溢满了“小荷才露尖尖角”的诗情……

橹声蚕歌里的江南哟，

更加风情万种，更加楚楚动人了！

“小满三日望麦黄。”

麦子是大地上最亲切的植物。

站在郊外的麦田里，我扎根成一株芒刺如针的麦子，开始在五月的暖风中灌浆。

阳光一束一束深入麦子体内，深入我的灵魂。

一种温度从芒尖直抵心底！

让那些日渐饱满的诗句，也激动地双眼盈满泪水……

不知为何，此时此刻，我忽然思念起故乡的麦田，思念起麦子般朴素而亲切的母亲……

（选自《水城》，2016 年第 3 期、第 4 期）

郭野曦

郭野曦(1962—),吉林永吉人。作品散见于《诗潮》《绿风》《星星》《诗歌月刊》等报刊。

观察苹果的九个角度(选四)

枪

在鸟空出的位置,最后一只苹果压低了一片萧瑟的景致。

蓄势待发的猎手张开黑洞洞的枪口,弯曲的食指,却不急于扣动扳机。

让她在高高的枝头上多显摆一会儿吧!

两条腿的鸟,都逃不过子弹的致命一击。

一条腿的苹果,能跑到哪儿去?

甲 虫

该谢幕了,最后一只苹果还赖在枝头,不肯离去。

一只甲虫,天生近视,碰疼了鼻子才发觉肌肤鲜嫩的最后一只苹果,是一位卓尔不群的模特,表演的天才。

挑战极限的方式,就是一件一件地剥掉伪装。

直至剥出光洁的胴体。

乌　鸦

不仅一次被苹果的光艳，远远地惊开。

怜香惜玉的乌鸦说不出动听的话语，只能深情地凝视。

高粱秆上的秋天，一节比一节凉了。

在高高的枝头上，最后一只苹果无法排泄孑然一身的凄冷和孤寂。

此时乌鸦最美好的愿望就是张开翅膀，给最后一只苹果，暖一暖冰冷的身子。

鼹　鼠

亡命天涯的鼹鼠，被黄鼠狼追得气喘吁吁。

鼹鼠恨天下之大，竟无自己的容身之地。鼹鼠停住脚步，稳定一下心神，发觉枝头最后一只无家可归的苹果，跟自己一样可怜。

要永远悬挂在半空中吗？

广袤的大地，难道没有一只苹果立足的位置？

（选自《大沽河》，2013 年第 2 期）

张敏华

张敏华(1963—),浙江嘉兴人。著有诗集《最后的禅意》《反刍》等。

生命的光影

秋天在冬天的酒杯里迷失,向日葵被砍下头颅,十月的傍晚,我像一匹黑马,

该怎样扬起马蹄,让冬天布满秋天的道路?

谁是骑手?灵魂在马背上倾听,草地为我准备好了婚床,宁静的月光漫过往事,而通向黎明的时针——断了,我妹妹的裙子遗落在秋天。

那些充满禅意的芦花,沿着河床飞飞扬扬,仿佛要我淡忘一生的荣辱,穿上淡泊宁静的内衣,生命的光影厚重如金!

谁也无法锁住心的潮汐,仰望天空,我信守一份真爱,善良长出星星的翅膀——

所有的苦难,都被落叶轻轻地覆盖!

晚　年

他坐在一把旧藤椅上,翻找着字典中孤僻的生词。冬天的阳

光格外温暖，记忆松弛了。

“时间差点要了我的命。”他喃喃低语，“这里——距离生死还有多远？”他依然恋爱、写作、旅游——回春之力来自自然。

他不停地喝着茶水，渴望在体内有一座茶园，有一个湖泊。但现在他吞下一粒止痛片，咬紧牙疼的腮帮，转过身来。

（选自《青岛文学》，2017 年第 3 期）

蔡兴乐

蔡兴乐(1963—),安徽肥东人。作品见诸《人民日报》《诗刊》《星星》等。

栽玉米的那个人,她是我的母亲

栽玉米的那个人,她是我的母亲。在故乡江淮分水岭,母亲她弯腰播种的动作,美过天下最好看的舞姿。母亲她轻哼着的小曲,是在与这些玉米们,说说悄悄话。

栽玉米的那个人,她是我的母亲。母亲她做起农活手脚麻利,使株距与行距间的分寸,把握得如此之好。比起我写的那些诗歌来,真是一点不差。

栽玉米的那个人,她是我的母亲。玉米们一茬茬地长壮长大,母亲的身影却越来越矮小。一直矮小到连江淮分水岭上,一丘矮矮的黄土堆里,也能够藏得下。

(选自《星星·散文诗》,2013 年第 1 期)

一只蝴蝶

一只蝴蝶飞来娘的小小菜地,这是菜地一年中最热闹的时辰。

扁豆那蓝花花，在一片片叶子的簇拥下，忽闪着水灵灵的眼睛，像是要瞧瞧清楚，今天到底来了何方贵客。有点傻傻的，又有那么几分天真；茄子的喇叭花，总是摆着一副最有学问的派头，仿佛天下没有自己不晓得的事，从早到晚都在那里滔滔不绝，总是没完没了地任性。

当然，还少不了芫荽的小碎花儿，豌豆的、水芹的、南瓜的花儿……

这是江淮分水岭偏东的一角，一只蝴蝶飞来娘的小小菜地。一只蝴蝶引来了更多的蝴蝶，它们流连忘返，甚至已经都不知道今夕是何时，甚至已经把娘的菜地，当作它们自己一方小小的祖国。

那会儿

那会儿，每每在雨后的早晨，趁着墒情良好，娘手脚麻利，一边栽玉米苗，一边哼着家乡的庐剧小调。清风徐来，娘的红头巾，飘飞成玉米地里耀眼的旗帜。

那会儿，玉米地连着棉花地。棉苗上开着精致的花朵，或粉红或鹅黄，一样赏心悦目。棉苗上结满青青的桃，每个都是小小而温暖的家。

那会儿的故乡，蓝天连着碧水；那会儿的娘，好看的容颜赛过所有的棉花，宛然玉米地里最美的新娘子。

那会儿的我，还是初生的婴儿，不曾长大。

（选自《大沽河》，2017 年第 3 期）

李　霈

李霈(1963—　),山西芮城人。著有散文诗集《站在远方眺望》《屋顶的月光》《乡土》等。

北方·夏

一棵草,在它的律动里,抵达生命的深处,在夏季疯长。

麦田,是北方的海洋,波光潋滟。

玉茭叶片肥硕。它的叶脉饱含着阳光、水,让人不敢碰触。

一棵树,就是一棵笼翠积绿的旗帜,把天空高高地托举。

还有其他的植物、生命,它们似乎都攒足了劲,等待着尽情地宣泄。

在这样的一个季节,我的血管也开始偾张。

携着雷鸣,擎着闪电。

北方的村庄,在它的大汗淋漓里,鸟巢一样肃穆,高傲。

这是我的梦栖息的北方,这是我生命疯狂律动的北方!

阳光普照,万物生长。

一种深处的绽放,在驰骋,在奔涌,结满幸福的花朵,郁郁葱葱,蓬蓬勃勃……

雪·村庄

雪，在曼妙。村庄，在一种纷扬间，做永远的定格。

雪雕的村庄。梦和幻的村庄。

村庄，被一首唐诗包裹，一直、一直都在散逸着、散逸着……

一个踏雪而归的人。他是谁呢？

几个在雪场里堆雪人的童稚，他们又是谁呢？

我看到，一只、几只鸟在飞。它们仿佛已把什么带走，又把什么留下。

村庄的雪，仍在弥漫。

柴扉是静穆的，瓦檐是静穆的……静穆的还有我的童年，和今天的疼痛。

我相信，一种绵延，比唐诗更古老的绵延，仍在村庄流淌，静静地流淌。

破碎的只是记忆的碎片；

而村庄永远的呓语，依旧在茫茫的雪潮里起起伏伏、不绝如缕……

乡村春光

远山，几处似显非显的残雪，还在飘摇。

村头，是谁家的后生，掮一柄木犁，却把春光碰得支离破碎？

烁烁闪闪的晨星，泛着幸福的微光。

不远处的河滩，一群羊，被岁月驱赶着。

有一种低语，如梦如幻，自田野深处漫来。

泥土的清香，若雾若烟若波光潋滟的韵致，把一种辽阔擦拭得更加辽阔。

此时，有牛哞绵延的声音，穿过我的耳膜，不可阻挡，直抵我心底最隐秘的部分。

一位年轻的姑娘，与河滩一棵柳树撞个满怀。刚醒来的柳枝，一不小心就暴绽出绿芽几星……

（选自《散文诗世界》，2011 年第 2 期、第 4 期）

栾承舟

栾承舟(1963—),山东即墨人。著有散文诗集《跨越》《结合部》等3部,散文集《为自己歌唱》等2部,小说集《舔刀子的羊》等。

农家生活

雪,温暖人心的雪,把骨骨节节中的欢歌唱出来。年的脸上,有彩云漫涌。

新村,像是从地里长出来的奇迹一样,用团团笑语敲红锣鼓。它们,给岁月带来了一百年都食用不完的水、蔬菜、肉类、粮食。

心里储存着风雨的美与丰收,凤香型草莓、中华油桃与它们的友军太空土豆,联袂在星朗风清之夜登车,前往北京,抵达广州与上海。

父亲点上一支烟,火苗明灭,闪烁,像羞怯的花,次第盛开,照亮了田野上的小麦、野草、反刍的壮羊肥牛。

步入腊月、小年、新春的收获,弓着身子,脚步轻巧。参与农业革命的家禽、水果、蔬菜,脚下是甜甜的水,身边是清秀的女子,此时,把血液里积存了一生的疲乏、贫穷,交给汗珠或笑意。

欢乐舞蹈着的雪,百合、水仙的花瓣,正在上演絮缠飞白。

农人知道，在灵与肉的边缘，一场看似甜美、轻柔的降雪，随时可能掳走，即将收获的水果甘泉。

独守春天，所有村庄和他的子民，始终对雪保持着一种——
冰凉入骨的警惕。

（选自《山东文学》，2010 年第 4 期）

三月雪

春天走近村庄的时候，孤独温顺的雪啊，像草一样站起来，像蜂一样飞起来。

骨头和血，都在燃烧。

强大的、强劲推进着的闪电，用最为迅猛的进军深入黎明。丰腴的绿和吉祥的鹅鸣，已在傍晚渐次苏醒；返青的麦苗、青草，全面拔节、扩张。

汗水流成了一条河。驮着鸡鸣叼着犬吠的所有劳累、焦虑、不安，在雪降下来的那一刻，全部变成流云飞走。

忽然笑了一下的鸡狗，期待着良种，无公害农药和水的土地，全部交给胡子拉碴的农人了，银子一样寒凉，可亲。

整个黄海盛不下雪的深情。

绿满树林，满是春水、阳光、豆饼的农时啊，柔雅的脚步是仙女的，走在城乡的姿影是清俊的，他们心中的惊喜啊，就像接连开花的锣鼓点儿。

持续推进着，让人肃然起敬的春汛记得，一次次的飞翔，梦和渴望，一直使雪保持着一种直逼灵魂、背脊的肃穆……

（选自《星星》，2009 年第 1 期）

一个名叫南埠的村子

形形色色的土鞭一响，我的面前，就有华彩幡然盛开。

翻阅村志，打开内心激烈的风，依稀可见两位先祖，肩挑长风日月，如同两棵行走的野树，历经一千次的分蘖，一万次的飞奔追日之后，长眠于野。

在黄黄的土地上，星斗传说之间，一座名叫南埠的村落，穿过雨雪、天灾、人祸，用血泪写成了一曲，比血脉更其悠长的歌声。善良，民俗，种子，堆满全村的粮仓。

此时，潜隐于血液中的神秘因子，瞬间化作一股热流，使我们情不自禁地弯下腰膝，生发无尽的伤感唏嘘。

从家乡出发，我们的梦想远大。多少次夜阑梦回，老家的气息迎面而来，我们全身的每一滴血啊，即刻纵情欢呼。

今日，我们在夜半听听鸡鸣，长街上看看猫狗，村头瞧瞧小牛的憨态，顺便瞅瞅羊羔跪乳，顿觉原始的乡居之水，纯粹的宁和之光，与天地合一的乡间音乐旋涌而至，如同潮汛。

（选自《绿风》，2011 年第 6 期）

向天笑

向天笑（1963— ），湖北大冶人。出版诗集《隐情诗语》，散文诗集《时光倒流》等11部。

一个人的秋天

父亲一个人蜷缩在地嘴山，他的周围，寸草未生，光秃秃的，吹在秋风中，还有我内心长满的荒草。

父亲的身心紧贴着大地，一个人守着孤寂的日子，听飞鸟鸣叫，看云朵飘浮。

只是这个秋天，父亲再也听不见我们的叫唤，再也看不见我们为他祷告的身影，更看不见我内心长满的荒草。

多少个秋天，父亲都没有收获的喜悦，只有满身的疲惫伴随着他，父亲累了，终于在这个秋天躺下了。

多想陪父亲坐一会儿

突然想起父亲，多想陪父亲坐一会儿，他的嘱咐还回响在耳边，他的音容还在我的眼前晃荡。

他怀念的人早已不在人世，他想念的人也快油尽灯枯，他舍不下的人，年纪还小，现在每天晚上靠小狗跟他做伴。

多想陪父亲坐一会儿，哪怕一句话也不说，静静地坐着，他静静地望着我，我也望着他。

有父亲在身边的时候，是多么安静的时候。

现在再安静，都有一种孤寂围拢过来……

还有两天月亮就圆了

今天是你的生日，我的父亲。

还有两天，天上的月亮就圆了，可我们家的月亮，再无法圆满。

中秋的风吹过低矮的山岗，月亮也会爬上低矮的山岗。你躺在地嘴山的山嘴里，就算满山长嘴，你也不会再说一句。

你还在我手机收藏的联系人里，我迟迟都不想删去，总盼着有一天，你的图像会跳出来，与我讲话。

再过两天，月亮就圆了。

圆满的月亮，像花圈一样摇晃在你低矮的山岗上。

（选自《文艺报》，2014 年 9 月 3 日）

周庆荣

周庆荣（1963— ），江苏响水人。现居北京。著有《周庆荣散文诗选》《爱是一棵月亮树》等。

土地（节选）

我无可奈何地去爱，死后也不能离开。

——题记

一

你看，我一辈子踩着你，死后，却只能躺在你的深处。

那时，你永远不会再让我有出头之日，而且，还会长着各种植物和树木，将我更好地覆盖。

是的，我们将终于扯平。别的足音还在响起，尽管，我知道你会以同样的方式耐心地等待。

三

我的正常状态非常平静，欣赏你的多姿多彩，你的富饶和你的贫瘠。

存在，是一切的鸟和它们的飞翔。

因此有巢，我所理解的家就是你常见的几间房子和一排树，我的家人都热爱你。他们耕耘如同给你挠痒，至于你自己的舒展筋骨，我便无端地憎恨海啸与地震。

四

我知道你的概念庞大。

但你的名字就叫土地。漂泊，流连忘返或者不忍目睹，我都不敢放弃最后的方向。你庞大概念里的一个点，故乡或者都市，我必须刻骨铭心。

与我有关的一个点，与众多的别人有关的那些点，你能否对它们好一点？

过于浅表的一视同仁，如同空洞的主义。土地，我希望你有所作为。

七

一个孩子，他拄着老人的拐杖，击杖而歌。土地沧桑，人也沧桑。

一个孩子，以杖击地。他不吹号角，他看天空的流云，在土地上嬉乐。

（选自散文诗集《有远方的人》，春风文艺出版社，2014 年）

三色堇

三色堇（1963— ），女，本名郑萍，山东人，现居西安。著有诗集《三色堇诗选》，散文诗集《悸动》等。

在丹顶鹤的故乡深感羞愧

潮湿的世界，大片的水域，古老的芦苇、鱼群、菖蒲，它们彼此相拥。

一群有些优雅，有些矜持的丹顶鹤漫步得轻盈而孤傲。优美的舞动，婀娜得有些让人心颤。硕大的翅膀擦过湖面，烟雨升腾，碧波鹤影，它们的缓慢让这片湿地成为一种温暖。一种恬静的诗意，充满了神奇的色彩。

阳光漫出，四野静怡，一层层绿色的光芒就在眼前，只有远处水面上抖动着那巨大的翅膀，爬满记忆的每一个细枝末节，带给我不歇的抒情动力。

“走过那条小河，你可曾听说，有一个女孩她曾经来过……还有一群丹顶鹤轻轻地飞过。”我猜想，这群天使般的丹顶鹤一定见过一位天使般的女孩儿，她纯朴、清澈的眼眸让月夜明亮起来。它们一定见过一位扎着小辫子的徐秀娟，用生命去追寻鹤鸣。一个女孩与这群丹顶鹤凄美的故事像涌动的湖水书写着这片湿地的传奇。

活着和失去都将沉重，信念是一种精神品格，让世界无语！

我终于没有勇气去看看女孩的坟茔，我为未能给她送上一束花而深感羞愧。

——突然，湿地深处传来一阵阵鹤鸣：“呵呵，呵——呵——呵——”

这不就是那女孩儿的身影吗，有什么比呼唤更加永恒！

（选自《2017 中国年度作品·散文诗》）

砸过暮色的野果子

这些树上凋落下来的野板栗、野核桃，你丝毫不用怀疑它们真实的身份。

它们曾挂在枝头，被隐喻成一盏神灯的朗照，一片秋色中孕育的良知，一座灵魂里被加冕的守望……

当暮色来临，它们抖擞精神，飞蛾一样扑向苍茫的大地，扑向黄昏中跳闪的金黄，“嗖嗖”地尖叫着，几乎要发出人声。它们将憋了一生的热情炸响，它们在与时间对峙，含着大地的重量，不停地涌动、沸腾，然后在更大的寂静里，欲言又止。

暮色潮湿，暮色已被野果子们惊动得魂不守舍，当世界向你展开秩序，当灰鸟在尘埃中喳喳飞过，当波澜再起时，万物剩下的只有广袤的慈悲和人生的执念，一切仿佛在瞬间幻化，一切皆能从容面对，拍打尘寰。

风起，亦能心有木鱼；风过，亦能笑对涟漪。

（选自《青岛文学》,2017 年第 10 期）

柳文龙

柳文龙(1963—),浙江嘉兴人。出版诗集《观照》《一个人的南方》等。

江南,孕育一个亚麻梦(节选)

一

五月的光芒,水晶般的记忆。

当日晕淡淡浓浓,攀上麻秆的顶端,平铺直叙的亮色,会告诉我一天的细节与开端。如万物之源,似乎从低头寻觅的晨光,探得亚麻缤纷的内心世界。

温柔之乡,微风慢慢卷起麻叶,那些海水般湛蓝的花朵开始轻拂。叶蔓琐碎的摩擦声,伴随着弱小的蒴果,即将成为生命的过往。而命运无法沉寂,季节难以改变泥土质朴的禀性,一片蔺草甘愿为一株亚麻作铺垫,依附它,簇拥它,铺设一条花香鸟语的曲径。

陈年的玫瑰汁酒,封存在陶罐的谶语底下。能否等来河埠旁蚱蜢轻舟——驾月而来?作为船缆的麻绳,绾住我遥远的记忆……

浣麻作纱，裁麻为衣。

拨开亚麻田中的绿茵，群雀筑窠而眠。它们永不停息的啁啾，像在纷争又似轻声呢喃，不惧劳燕分飞，宁可栖息在这块永不沉没的绿洲！

二

晨风吹乱的一枝一叶，关乎江南轻易不肯流露的真情，在蕴含机遇和风险的麻田上，采撷作物朴实而妩媚的光华。用朵朵明媚的花儿来抗争，抑或一种抗拒——以简单的植物语言消弭雾霾、阴雨，迎来明天绿意盎然的相逢。

好在麻秆粗枝大叶下的生命顽强、执着，长生轨迹清晰而执着，仿佛水乡生生不息的绿茵，一路延伸到村庄，紧跟我生活的每一个步伐。麻田深处的声声鸟鸣，带来宁静时光。

或许雨季就要来临，无序的季节交替，黑夜与白昼进入轮回，花蕾的一次绽放，将完成万物生长神圣的使命！

春风化雨。当雨中那朵矜持而纤弱的花朵，似一匹一跃而过的小白驹。哦，我心头的烛焰被重新点燃……

面对水乡景象——偌大一块净土，广袤的亚麻田，给我憩息，供我安放灵魂。今夜，月光明亮，我尽可把酒麻桑，醉对阡陌，编织一个个柔软光滑的梦。

当一滴露水，在各自体内泛活起一勺水、一条河，许多情节来不及预计，风孕育着亚麻的梦想成长。

五

喜欢你的明亮，一株株挺拔的麻秆，不谙是非，没有被风轻易吹皱一片嫩叶，也没有被阳光照透幽幽芳心。

你小心地收紧全身警觉，细辨我身后真实的场景：枝头黄鹂能否带来欢乐和极速？随晚风飞过哪个隘口的门楣？

当然，你面对的是厄尔尼诺——并非无所不能的智者能够把控一切的世界。灿烂过后，花会有片刻的肃穆，产生先知先觉的感悟，仿佛此去经年，理性的花瓣纷纷落地，风吹不动的是内心的坚韧不拔。

谁的身心不储有一口流泉，涤荡或沉寂？

面对凛冽的“倒春寒”，你以平静的转身，回到现实的红尘。

禽鸟在啼鸣，杨柳在弄姿，春风十里不如你。

面对我，你脉脉无语。

是心中的一泓碧水，抑或一枝独秀的奇葩？

我喜欢你明亮的样子！

（选自《中华文学》，2017 年第 3 期）

冯　杰

冯杰（1964—　），河南滑县人。著有诗集、小说集多种。

九片之瓦（选三）

瓦的籍贯

当它还没有走上屋顶时，生命里的“籍贯”一栏早就填上了，是两个粗拙的字，叫“乡村”，像一个孩子或老人用颤巍巍的笔所写。

籍贯属于乡村的瓦有一天走进城市，它晕头转向，无所事事，毫无用途。城市里的幻影夜色与激光霓虹拒绝它。宁为玉碎也得宁为瓦碎，在城市没有完整的话题，所有完整的东西来到城市，就将被毫不留情地一一破碎，包括情感。

对瓦的引申常常让我伤感不已。在城市里，瓦会像我一样发慌，它一定怀念哪怕是当年乡村瓦上的一株达不到高度的草。

有一片瓦迷路了。它被开往城市里的一辆大卡车用于垫上面的器物，最后被拉向城市，当它完成自己的使命时又被远远地抛弃在公路边。城市人就爱过河拆桥，瓦看看身上“籍贯”一栏，早已被风的手擦模糊了。

终于,一个小孩子弯腰拾起那片瓦,在河上打起一串水漂。一、二、三、四,瓦落到对岸,被污水淋湿的瓦上岸后,看着身上的籍贯一栏的痕迹被洗得干干净净。瓦无家可归,瓦像滞留在城市的乡下人,破损与伤害,从此再也找不到回家之路。

瓦的方言

在乡村,每一种草与生灵都讲自己的方言。瓦也有瓦的方言。像人对待方言的态度一样,瓦对方言刻骨铭心而又无药可救。

人怎么能懂瓦呢?你只有在雨夜,才能听到房脊上那些密密麻麻的语言,像鱼群一样游过,不时荡起喽喋之声,那不是鱼或鸟的喽喋,而是方言的喽喋,尽管你一句也听不懂,可你能感觉到那是大地上高过草叶高过树木的语言。那些语言随着风,随着雨意,随着弧线,随着姿势,向夜空上升。

在北中原黄河故道,挖河时曾在深达五米的地段,挖掘出一座汉代瓦屋顶,还有夯土墙、房基、间瓦、板瓦,未来得及使用的瓦。黄河不规则的流动,让那些瓦屋顶明显移位和错位。

我骤然一震,瓦都是一方方干裂的嘴巴,想说什么?讲历史吗?欲言还休。

多少年里,那些瓦们在黄河水道进行交谈,在鸡啼里,在掌灯时分,它们用北中原方言,用今天仍然流动的方言,叙说或耳语。河流停止了,那些瓦有一日忽然沉默。哑巴般的瓦,把那么多日日夜夜讲的语言都在沙里折叠起来,语言的水分被蒸发晒干,瓦只能在心里自言自语。它说,它还说。

瓦今天露出嘴巴，可是这些瓦都不会说话了，语言生锈，瓦只会像瓦一样，咧着幽深的嘴。

这就是那些操方言的瓦啊，我看到的是一排排瓦民，背过身去，给我另一种褐青色的背影。那种褐青色的语言，让我对瓦进行一次猜谜。却永远猜不透。

瓦　魂

当我的灵魂有一天回归大地，就请瓦在上面扣上小小的一方，有你瓦的余温，还有瓦的纹路，这一方故乡的小房子，泥与水组合的小房子，草气上飘摇的小房子，你罩着我，像谁夜半耳语：

“睡吧，孩子。这叫归乡。”

（选自《河南散文诗九家》，河南文艺出版社，2013 年版）

刘向民

刘向民(1964—),笔名刘向,山东滕州人。著有散文诗集《村庄,飞翔着一群鸟》,诗集《山东印象》,散文集《乡村时代》等。

麦子,命中的麦子

麦子在风中摇曳,金黄的麦芒直指青天。

麦子已经金黄,茫茫,蔓延原野。

深处的品质,包裹其中,迎风而动,却默不出声。

承受冰雪的洗礼,饱含春天的情愫,酿造着土地之上最纯洁的形象和最纯净的气息。

歌声来自麦子的内心,赞美是我永远的真诚。哪怕是一片麦叶、一个麦穗,都倾注着对土地的热爱。热爱之后,是最灿烂的奉献。

我总是这样想,感受阳光雨露,同样是生长在一块土地上,我却毫无成绩。

这使我满怀深刻的愧疚。

盛开的棉花，是不是乡愁

盛开的棉花，白花花的，一朵洋溢着幸福的花。

秋天的棉花，秋天的花朵。一朵温暖的花。

在一抹红霞里，闪亮幸福的面颊。

一层秋霜在花朵上闪烁，在一场风里纯洁灵魂。

沉思。不语。把梦掩进不朽的日子里，花朵是一种思念。

时间的尘埃总在沉默，异乡是一种痛。

从一朵开放的花，想起温暖的爱；

从一瞬间的感觉，想起记忆的家。

我满怀感激，聆听那些朴素的棉花开放的声音，是歌唱。我泪流满面，怀念那些逝去的日子。

这是不是乡愁?

（选自《文艺报》，2015 年 12 月 21 日）

大风，村庄的方向

一场风从黄土坡上刮起。这是春天的一个清晨。

吹起黄土，漫天飞撒，细细地，撒在脸上，撒在手臂上，撒在胸脯上，浸透着黄土一样的皮肤，在阳光下泛着金黄的光彩。

大风刮过，草芽就一阵风地掠过原野，花朵就一阵风地泛滥。

雨滴倾斜着身子，一滴又一滴地奔跑着，一地又一地油菜花也奔跑着，黄灿灿的理想款款铺张着。

那些麦子也奔跑着，一节一节地拔高，鼓起湿润润的麦粒。

一只鸟迎风而飞，旋着身子，膨胀的羽毛抖擞着，一声犀利的叫声充沛天空，落地便是一地沉甸甸的粮食。

风从一朵桃花上刮起，暗香涌动，时光浸润月光，让春天的翅膀扑闪着凉爽的情节。

我怀念已经远去的那场大风雪，枯草顺着风的方向奔跑着，发出细细的声音，呼呼的，是灵魂与灵魂对喁，陈述着风情。

那些飘飞的雪，奔跑着，凝结成冰雪，一块块地覆盖在大地山川之上，亮出晶晶的本质，都在今天昂扬成勃勃生机。

向南的地方总要茂盛，阳光一点一点镀过来，繁荣着一场又一场风雪一地又一地麦子，繁荣着锦绣河山。

（选自《大沽河》，2017 年第 2 期）

宋 炜

宋炜(1964—),四川沐川人。现居重庆。

还乡记

其实我从来不曾离开,我一直都是乡下人,
乡村啊,你已用不着拿你的贫穷和美丽来诱拐我。
我想也许你丰收的时候更好看。
其实我有的也不多,数一数吧,
就这些短斤少两的散碎银子,
可我想用它们向你买刚下山的苦笋,如果竹林同意;
我要你卖满坡的菌子给我,如果稀稀落落的太阳雨同意;
让我的娃儿去野店里打二两小酒吧,如果粮食同意;
我老了,我还想要小粉子的身体,如果她们的心同意;
(其实我也想说:我要小粉子的心,如果她们的身体同意)。
如今这些急切的愿望把我弄得不成人形,
我何不索性就再往下一点,直接变成泥,
如果是泥地就能长出我想要的东西?假如天遂人愿,
我也好自己迁就自己,我也想看一次自己丰收的样子。
但有人并不同意,说伟大的国家不打小规模战争,
我想,是不是伟大的乡村也不发国难财?

乡村啊，我知道这么说的时候，
有很多植物都认为我的脾气变坏了，
因为它们的绿叶子变黄并且飘零。我估计你对此也有相近的看法，
因为船在疾行，鱼在追赶，河水却凝滞不前；
你的头上，一只风筝静止，天空不知飞去了哪里……
我早已活得如此疲懒和踏实，连抬头的动作都省去了：
此间和此际，除了我自己，就是你浑身上下的泥。

（选自《宋炜诗选》）

唐成茂

唐成茂(1964—),四川中江人。已出版《午夜的丁香》等8部。

故乡的秋天

流水有意,叮咚而过,我抓起鞭子抽打如水的孤独,不让秋天付之东流。

渔人一直前行,渔船上的红日缓缓移动,渔船上的喜悦水波荡漾。

一双梳理秀发的手梳理青春,麦田里的女孩子麦浪一样起伏和金黄。

女孩子眼含秋波,用娇嫩的双手抚摸麦田边情意绵绵的秋天。

秋风乍起,落叶飘浮的姿势优雅而庄重,握镰刀的老农站在风里守望风。殷实的晚年和内心深藏的火焰,燃烧着一生中最苍茫的夕阳。

如丹的岁月,红遍高粱地里沉甸甸的村庄。

一大片桃林举起手臂

擦得很亮的云朵下，青春期的桃花羞答答地绽放，春天款款而来，桃树枝上摇晃着爱意。

这些乡下的桃花，鲜嫩而娇媚，簇拥着粉红色的梦想。

不愿飞离的鸟儿，停泊在飞翔的桃花瓣上。天上的彩云，一瓣一瓣，飘落在我的肩膀上，我肩膀上的乡村，与世界保持着最近的距离。

艳如桃花的季节，用最生动的羽毛，梳理污浊的都市。

都市的纯洁所剩不多，我选择出城，缓缓地爱上，桃花花蕊里蹦跳的阳光。

一大片桃林举起手臂，捍卫土地的良心和尊严。

思念的时候，一个人就是一个村庄，一个人就能成为往事，成为汹涌的激情，燃尽僵硬冬天

最后的冷漠。

一朵桃花的飘落不会惊扰过往的故事，有些意思枕着桃花就能够表达，有些秘密在桃花旁不会惊飞粉粉的黄昏。

桃花落地桃子诞生的生命哲学，爱情最先感知。

（选自《2013年中国散文诗精选》）

许泽夫

许泽夫（1964— ），安徽肥东人。著有诗集《深沉的男中音》，散文诗集《牧人吟》及长篇小说《信仰》等10部。

草 垛

它和稻子一母所生，一脉相承，风雨与共。它是稻子的兄长，先有它，后有稻子。

打谷场是一张巨大的手术台，它和稻子这对连体婴儿被脱谷机或碌碡分离开，开始了两种命运。

它们几乎前脚跟着后脚离开晒场，经过弯弯的乡间小路，走进村庄。

稻子进屋了，当作宝贝疙瘩供在粮仓，仓门上贴着大红的对联。

它就站在门外，它丝毫不觉得因为是草而自卑。在我们的心目中，它就是一尊门神，守护着这个家。

每一棵草上都沾着阳光的气息，堆积成垛，宛如一轮太阳，给清贫的家一种别样的希望和温暖。

草垛，是炊烟的发源地，一天一捆地抱回灶膛，袅袅升腾日子的芳香。

草垛还是童年的乐园，可以像山一样攀缘，可以像草地一样驰骋，牵着青梅竹马的阿妹，它是我们快乐的海洋。到了霜降，我们还和恋家的麻雀一起越冬。

草垛，记忆中幸福的天空和广场。

水　瓢

一根藤上结出的葫芦。

母亲，不偏不倚，一分为二，去瓤除籽，接受太阳的洗礼。

一只葫芦，两只水瓢。

一只置于水缸，另一只置于米箩。

虽居咫尺一室，宛如天涯之隔。

本来就是一母所生，活生生切开，硬生生分离。

思念，是止不住的渴。

渴，渴啊……

于是，大口大口地舀，大口大口地喝。

弱水三千，只取一瓢饮。

一瓢接一瓢饮，饮尽三千弱水……

（选自《江淮晨报》，2015年12月30日）

亚　男

亚男（1964—　），本名王彦奎，四川达县人，现居成都。著有散文诗集《雪地的鸟》《表达》等。

小雨落在小镇（节选）

二

小镇装满了小雨。

路上，房屋上，湿漉漉的。不紧不慢。

小雨湿了小镇青石板街面，小心高跟鞋敲击的声音会打滑。

当然更要小心湿了身体上单薄的衣服会泄露小镇的隐秘。

我枕着小雨睡，一个个故事，在雨点里，转换情节。

邮局门口的铃声就要出发。我不知道我写下的字，是不是断章取义。更担心的是能否找到路回来。等了很多年，那些另起炉灶的字，有了雨的重。

整个春天都没有发芽。

稻子来到小镇，不说话就黄了。

我把修辞放进盐，有些声音变得有味道。

小鸟搜寻着湿漉漉的叫声，一夜未眠。

我也未眠。

五

铁匠铺子里的火苗正好照亮男人的脸。

骨骼里，有琐碎的光。我该从落叶中找到安身之处。

打铁的声音高过山梁，但小雨一点也不收敛。一块红红的铁，哧的一声，就把小镇的框架钉在了黄昏。

月光敲打着墙，一声紧，一声慢。

也许小镇会在某一声敲打之后，散架。

泥坯子的小镇，在烧制后，有着青花瓷一样的身子。

盛下小雨，

小镇就只剩下死水。

八

不眠的小镇，

这些年，邮局不见了。一个邮递员有了更新的方式传递小镇的讯息。

小镇的雨，在当年，是年轻的。

下到现在，低矮的房屋，有青苔覆盖着忧伤。

这雨，没有艺术的造诣，只有商业意味。

不甘寂寞的小镇和雨，滋养了很多故事。一个个情节绕来绕去，小镇的这头是山，小镇的那头是水。山水相连，就是命运。

改头换面的商铺，商品已经提价。

我穿着光鲜的外衣，却逃避了小镇的颓败。

小镇，有些拥挤的词语，

我怎么也挖掘不出新意。

我想这小雨，一定是从很远的地方赶来的，给小镇增添一些意外。

（选自《华西都市报》，2017 年 9 月 16 日）

周蓬桦

周蓬桦(1964—)，山东聊城人。出版有散文诗集《红罂粟》及小说、散文集多部。

雪下的草屋

雪下的草屋，安详地存在，像一株植物，或者秋天的谷穗。

温情四溢。

而雪，已经落了一个世纪，上帝的语言，抚慰智慧的儿子，一颗忧伤的心牵挂着整个人类，在硕大的天空下，黑色的背影，独自望着河流，自脚下飘走。

一年又一年。

他在等待出走的人们，回归家园，驾一辆双轮马车，出现在结冰的大路。冲破暴风雪的阻隔，带来情人的消息，美丽、坚贞和善良。

这时，酣睡的骨头啊，醒来吧！听千年枯树，滴滴答答，涌出了真实的泪水。

我，早已燃起炉火，麦场上的麦秆，变作愉快的火苗，仿佛回忆镰刀，斩断草根时，大地发出的声音。

好，现在我们坐下来，谈一谈怎样活和怎样去爱。

割草的农妇

割草的农妇，心事重重，停下手中的活计，盯着某个方向出神。她啊，自然不知道，她的任何一种姿势，都可以镶入画框，成为人们注目的核心。

树林在远处，送来蝉鸣，一场雨刚刚下过，水洼在落日的余晖中，又暖又红。

她啊，自然不知道，草的奉献精神，已经做出了最后的努力，仿佛在说：

“哦，割吧，割吧，你这勤劳的人儿”。

割草的农妇，此刻被一朵云引诱，乡村日子的枯燥和艰辛，巨大的石磨盖住心头。她啊，自然不知道，在那朵华丽的云下，正有一位年轻的歌者，背井离乡，跟前掠过家园，农作物单纯的影子。怀念，又一次次使他心神荡漾。

如果可能，他愿意拿一百个喧嚣的城市，换回一座宁静干净的村庄。来储存，失去的痛苦和得到的失望。

而农妇，赶忙收住思绪，背起草捆，融进夕阳和一头母牛的叫声。

秋收过后

秋收过后，褐色的土垄里有一种草被烧焦。苹果滚向大地，兽类无处栖身，露水与秸秆亲近。

心爱的农具啊，你肯闲置起来吗？

一年一度，弯腰的农民站起身来，望着金色的粮食痴痴发愣。心中掠过阵阵惊喜，泪水簌簌落地。

田野，一片寂静。

麻雀飞远，河水变黑，人群劳作的情景不复存在，人们看到冬天的一只脚，已经降临。那在河岸上缓缓走动着的，是谁家的羊啊？

而怀孕的少妇小心渡河，到另一个村庄重温旧梦，男人在屋后，深挖地窖，储存过冬的菜蔬。

田野，一片寂静。

正午，我像一个年迈的梦游者，观察着季节的变化。看看今年与往年有什么不同，去年与今年，有什么不同。年幼的坟墓，需要安慰，这是一件最令人伤心的事情。

田野啊，一片寂静。

（选自《山东文学》，1991 年第 8 期）

崔国发

崔国发(1964—),祖籍安徽桐城,生于安徽望江,现居安徽铜陵。著有散文诗集《水底的火焰》《红尘绿影》等。

沼 泽

到了后来,就只能是一种陷落。

有时,我担心的事情终于发生:说好了,不能轻信,为何又经受不了它的迷惑与勾引?

一片一片的沼泽——

泥淖把自己隐藏得越来越深,而它表面上却在潜滋暗长:一大片芦苇和马鬃草,之后传来清脆的鸟声,就有了欺骗性。

我知道在此之前,一定会有人提醒:“那地方险象环生,一失足,即成千古之恨!”

但他还是不能自控:不曾想那居心叵测的陷阱,竟然一声不吭。

其实,根本就不用挑明,那些不祥的征兆,在惊鸿的战栗中,误导了他的行进。

不可自拔。

实际上,他想拔也拔不出来了。

可别忘了阴谋的黑与寒霜的冷——

务必小心谨慎:对于沼泽的识别,我不得不一再地擦亮自己的眼睛。

一个人的芦苇

我种下了一株芦苇:不是帕斯卡尔的那种,也不是诗经上在水一方古名叫作蒹葭的那棵。

融入野茫茫的苇丛之中,忽然听见一夜秋风,它白了头。

白的芦苇,青的芦苇,黄的芦苇,我见到的很多,但都不是我亲自种的那一棵。

涉水而过,曾经熟悉的、野性的、独特的叶子,历经一番严霜与白露之后,它在风中闪烁或婆娑,我一眼就认出了它——

一直沉默地站在河边,瘦劲的几节,看起来似乎脆弱,却并不萧瑟冷落。

那是芦苇:一个人的芦苇,在寂寞的水边守望,没有人知道它更深的渴意。

一千棵,一万棵,茫茫然无边无际的一大片——

芦苇的密度,让许多人迷失与来回穿梭,而找不到自我。

遍地苇叶,越来越多的叶子,从凛冽中诉说着一些贫穷的风声,人与水鸟擦肩而过,我仿佛听见了,那一双翅膀给予一汪秋水以有力的一拍。

(鸟的私语:不知它能不能惊动河水的魂魄?)

风吹水岸，那一头白发，闪耀着夕晖的颜色。

哲人说，世界上没有两片完全相同的叶子。遗世而独立，在挤挤挨挨而参差不齐的苇丛中，我在寻找，自己曾种植的那一株。我之所以能一眼辨认得出它来，是因为——

我不想自己的芦苇，与别的芦苇没有什么区别。

未必是有思想的芦苇，我非帕斯卡尔。但似乎唯有自己的这一棵，一个人的芦苇，才真正属于我。

（选自《核桃源》，2017 年第 4 期）

荷　语

荷语（1964—　），女，本名王光娟，山东沂源人。出版散文诗集《尘埃花》。

车前草

长在田间路畔，少不了牛嚼羊啃，躲不开车轧蹄碾。
夹缝中，餐风饮露，从心中发出瓣瓣新绿。
娘懂你的绿野粥道，熬一锅，喂养一家人饥饿。

苦　菜

乡愁，是苦菜的叶，细碎，苦涩。
乡音，是苦菜的根，深涵，苦连。
日子，是苦菜的花，静雅，平淡。
娘握住了苦菜，就如同握住了救命的稻草。
我是苦菜的孩子，和苦菜紧紧抱着，相互取暖。

荠　菜

细叶。纤茎。碎花。小小的绿，酽酽的绿，摇曳的绿。
像留守乡村的老人和孩子，不言不语，守着日渐缩水的村庄。
我和你一样，梦随风，根，却依然坚守着泥土。

（选自《诗歌周刊》，第 117 期）

姚　辉

姚辉（1965—　），贵州仁怀人。著有诗集《在春天之前》，散文诗集《对时间有所警觉》，小说集《走过无边的雨》等。

在高原上（节选）

六

你可能在漆树的枝丫上看到过苔痕遍布的祖先。

比风声略高寸许——祖先的位置变得凌乱——而一只即将归来的鸦，记得谁的祖先井然的各种秩序？

鸦的毛羽上刻着高原漫长的所有季候。祖先在季候中浮现，像一朵朵火焰，像火焰挎制的锋芒——鸦的毛羽上，刻着一代代人不敢忽视的惊疑。

你可能在漆树的根部抚摩过祖先凸露的苦痛。企盼被刷满战栗的漆光，那个用黑漆写下祖先名字的人，将再次，在漆树沙哑的落叶上，老去。

我想为太阳漆出几张另外的脸，或者手势。我想让太阳，成为太阳可以反复照耀的失望，抑或面具。

而祖先的身影烙在太阳上。

漆树被阳光点燃，高原起伏，让祖先斑斓的爱，随鸦声重现。

八

有人把名字刻在云霓上，像刻一片风声，或者风声裹紧的最初奇迹。

我认识那双正不断凿刻着的大手——左手扶着秋天，右手举高星辰。这双手，在云霓上，凿刻整片高原旋转不灭的声息。

丰饶还是贫瘠？云霓负载的天穹哗然坠落，肋骨上的高原，袒露所有时辰凝结而成的祈愿。

但我记得云霓曾经有过的伤痛，一如种种另外的石头，这些伤痛，涌动光芒——我不知道该如何说服高原，在这样的光芒里，远去。

有人歌唱。云霓升上山巅，布满字迹的云霓，燃烧。有人，在云霓上，寻找高原云一般苍老的承诺……

十

我们如何学会祈祷？为一束稻禾，以及稻禾上不断滚动的雨季——

我们如何将自己的心事说成高原不倦的呓语，让它云一般铺展，雨一般飘动？我们，又该如何，用一朵花，召唤鸟兽脚印上那所有与秋天及企盼有关的一切？

高原在梦境中，做梦。它梦见我们焦灼的骨头，梦见水与怀念——高原还能梦见什么？稻禾上的黎明凝成露滴，谁在即将愈合的伤口上窥见远处悸动的春光？谁，将血脉中的风声，雕刻成，高原唯一的旌旗？

我们还应当祈求什么？高原在诺言中，醒来——岩穴中，藏满神灵，藏满祖先攥紧的疼痛……

我们，又该以怎样的方式，坚持住，所有无辜的祈求？

（选自《高原》，2017 年第 3 期）

莫 独

莫独（1965— ），哈尼族，云南绿春人。著有《守望村庄》《祖传的村庄》等 15 部作品。

听稻穗灌浆的声音

像一部古书，掉了 28 颗牙齿的老祖母默默地坐在深深的夜里，坐在自己的今夜里

蛙鸣。还是蛙鸣，

夜一张开嘴，就收不拢了。

通天的梯田，从家门口路过。蛙鸣铺天盖地，跟着梯田蜂拥而过。

老祖母佝偻着腰，没提防蛙鸣声势浩大的推挪，瘦小的身子微微颤抖了几下，又倾斜了几分。

灯影，恍若也微微颤抖了几下。

村尾，一只狗无所事事地叫了几声。

蛙声晃荡。蘑菇房影影绰绰，

柴火毕毕剥剥地跳动。火塘边，耳聋眼花的老祖母抿着空空的嘴静静地笑着。她说，她听到了稻穗灌浆的声音。

（选自《包头晚报》，2015 年 12 月 1 日）

大　米

水已经沉默。你比水更沉默，颗粒饱满，赤裸裸地站在生活的面前。

面对你，生命再一次安静。祖传的热情和善良，再一次涌起。

勤劳和隐忍，如影随形。

千年的植物，集体走过故乡的原野，在秋天的天空下，统一低下了沉重的头颅。

齐刷刷地俯视脚下的大地。

阿倮那安村在稻香里躁动。

父亲走出村口，走进田野，他一生低垂的视线，就是其中的一份目光。

城里，在我陈旧的租住屋里，那袋和秋末的最后一场雨水一起到来的大米，已被我打开。

正如泪水及时打开我盈满的眼眶。

（选自《诗潮》，2009 年第 2 期）

乡　下

城市的祖籍。不言不语，永远袒露着胸怀，让稻子、苞谷、荞麦等庄稼，祖祖辈辈一代代成群结队放放心心地赤足走过的土地。

亦步亦趋走在五谷后面的，是扛着农具、赶着牲畜的父母；再后面，是我那泥土般朴实的童年、少年、青年……

母语在其间跑得比春风还欢快。

现实的镜头里，扛着简单的行李，又有一双脚，踏着你的胸坎步步离去。

回首。乡下真实地做了兄弟姐妹们背井离乡的背景，一次次，把村里的后生们送上走向异乡的路。

城市的对面是城市，城市的背面亦是城市。

乡下，在故乡的眉头底下，在乡情的胸襟底下。

隔着越来越长的时光，故园的乡下，定格为所谓的远方；父母的家，祖母的菜地，定格为所谓的远方，沦落在瞻望和念想的尽头。

乡下，那个越念越小的地方，像针尖一般，小到只剩一把疼痛。

（选自《小拇指》，2013 年夏季号）

张晓林

张晓林(1965—),山东即墨人。作品见于《星星》《散文诗》《山东文学》《大观·诗歌》等。

大沽河之秋

云白天清,无名树,婆娑着河与鸬鹚的前生,还有后世。

即墨,唯一一棵入编《山东名木》的林木,熠熠闪烁着思想的叶子,与雾,与美,不期而遇……

足令另一位地方长者柘树,在他的面前,驻足。

风来了,霾已消散。

而菜蔬,正在展叶;

散发着泥腥味的大田里,麦苗也已出土;

嫩黄,清新,柔软,有飞的欲望,或者说,是北风刮来的凉,

翱翔着小小的羽……

村落里牛羊稀疏,子孙们外出打工,

唯一众老人,守着老村,守着故土,守着乡风民俗。

他们的每一道皱纹,都藏着千言万语……

此时,我在用心,用毕生的时光,读一幅绘在大地上的——

清明沽河图!

亚洲闸王

剪剪秋风栖落，因陶醉而抖颤。
白鹭，住在梦里吧，你这特立独行的浪子。
大沽河，亚洲闸王，九孔虹桥，为你架起了一个小小的——
登高望远处……
左边就是槐林。
草地上，羊在吃草，玉米在长高，闪耀美妙的，蝶变。
打鱼人呢？他到哪里去了？
这里，曾经休息过，一个又一个，美丽的——
节日，抑或假期。
正是九月，风已渐凉，牛羊逐渐肥壮。
大沽河，九孔拦河闸，亚洲规模，彩虹式，可望，亦可即。
入海的水，生命之水，滔滔不绝，
正向这里汇集。

秋

山水宜人的岸，一片红叶自天而降。
若一只鸟，飞着，幻觉的一种。
被天鹅或天鹅的羽，轻轻吹远，吹远。
花枝沿岸，心里的花粲然开放。

匿于林中，所有鸟鸣、虫鸣悠悠偃止。每一丛荆榛，都有鸥鹭闪过，

飞入黄昏。

清明上河图沿岸盛开，小小的酒肆小小的镇子，灯火如海。

（选自《山东文学》，2016 年第 8 期）

杨启刚

杨启刚(1966—),布依族,贵州都匀人。著有散文诗集《低吟或晚唱》,诗集《打马跑过高原》等。

立秋之野

在经历了燥热的夏季之后,秋天,随一缕无声的风悄然而至。

我干涸而焦灼了整个夏天的心,急切地张开满怀的渴待,迎接那第一场秋雨的滋润。

在稻浪翻滚的田野上徜徉,从一个田埂走向另一个田埂。

那些秋天宁静高远的阳光下,显示出土地从未有过的辽远和寂静。而在那些田垄旷远的深处,即将开镰的收获,在喜悦的双眸中沉淀,成为清澈而透明的期盼。

秋高气爽啊! 我们将把那些粮食一一收进粮仓。

同时,让那些落日的余光呵,也消融在沙沙作响的树叶中,然后笑迎那也会即将来临的寒冬。

从立秋的第一个日子,到最后一个日子,我寻找着田野里丰沃的旋律与插曲,以及那些悬挂在屋檐下的南瓜和玉米。

还有那枚紧紧尾随着人类的,朴实无华的种子。

那一粒粒种子啊,这一直是养育人类和秋天的胚乳,它们永远饱满如初。

而对于我的父老乡亲，用他们勤劳的双手，只要秋水荡漾的景象，只要阳光璀璨地一泻千里，就能获得劳作的满足与幸福，就能得到丰收的快乐和寄托。

一粒硕壮的粮食，就能牵引出他们，回肠荡气的、豪迈的山歌。

秋天莅临

第一场秋雨如约来临，风和天气便交换了丰满的消息。

在稻谷收割之前，我们必须返回古朴的村庄，必须淬火打磨我们的农具，必须清理那些坦荡的粮仓……

这是一个归乡的季节，是今年繁忙的农事。

田野上那些灿烂的阳光，会把我们辛勤躬耕的姿势，照耀得如同土地一般油亮。

秋天已经来临，我们必须返回古朴的村庄，必须扬起自己的镰刀和炊烟……

像庄稼在这个季节，走进温暖如诗的土壤，默默地金黄。

我们在田间挥镰，偶尔坐在宽阔的树荫下，谛听汗水和斗笠交谈，谛听鸟儿的鸣唱，把阳光和稻粒堆进粮仓。

（选自《诗潮》，2015 年第 8 期）

毛国聪

毛国聪(1966—)，笔名阿毛，四川成都人。著有散文诗集《祖国，我们共同的名字》，诗集《流浪归来》等。

跪在地上的老农

一位老农，跪在地上，仿佛一座隆起的土丘。

一把锄头，在他身边，闪烁着清晨的光芒。在他身后，一朵朵鲜花，睡着了。在他的眼里，美丽的花朵都是些杂草。

黛色的山峰，注视着一茬茬庄稼，恣意地成长。

一条小溪，流淌着甘霖的梦想。它相信，有多少滴水珠，就有多少的渴望。

慢慢地，老农跪下来，跪在泥土里。他深深地呼吸着，猪粪的气味，腐烂的干草，这沃土的芬芳。

他没有听见香樟树上鸟儿的鸣唱，他没有看见阳光已开始温暖他的衣裳，他不知道有一缕雾岚正在木槿子上缭绕，有一片白云已飘到他的头上，还有一个人影慢慢地向他靠近……

缓缓地，老农站了起来，从跪着的土地上站了起来，站成了一棵挺拔的松树。

他有一张黝黑的脸，有一双粗糙的手，有一双长满了骨头的腿，还有一副硬朗的身板，可他只向土地跪下，只向庄稼弯曲。

当我跨过一丛野菊花，他一下子就认出了我，

我也是一位农民，正在慢慢地变老。

小　草

与大地最近的，是小草。

在炙热的阳光中，小草变绿了。在一处处废墟里，小草安好了家。

小草，不会吟诗作画，也不会无病呻吟。

小草，不需要嘘寒问暖，也不怕暴雨寒霜。

无论是白天还是晚上，无论是在昨天还是未来，它们都在倔强地生长。

小草的根在泥土里，小草的梦在大地上。小草，让蓝蓝的天空高高在上。

如果拔除一撮小草，大地就会感到寒冷，大地就生病。小草，是大地的衣裳，是大地的毛发。

小草，也会开花。小草，也会微笑。

小草，也会高举旗帜。小草，也有它的脊梁。

小草的名字很多，笆地草，薰衣草，丁香，五味子，蔷薇，风信子，益母草，满山红，兰草……还有侍弄土地的农民，还有我，我们……

（选自散文诗集《行走的感觉》）

黄恩鹏

黄恩鹏(1967—),辽宁沈阳人。笔名黄老緦、清风渔隐。著有《黄州东坡》《发现文本——散文诗艺术审美》,散文诗集《过故人庄》等。

过故人庄

从今天起,我把大地上每一个村庄都叫故乡,把每一个人都认作我的乡亲。

我走到哪里,哪里都会有我熟悉的乡音。

村庄里有我最喜欢喝的米酒,有一位叫菊的恋人,我会在绿树掩映的村口,看见她菊花般的笑容,我邀她一同登临青山,银子一样的河流在山脚下静静流淌;装满阳光金子的田园,在每一座房子下闪耀。

还有亲切的菜圃,谷场上闪亮的稻谷,撒欢的小黄狗追着飞起飞落的小鸟。

故人庄啊故人庄,当有一天我走不动了也成了故人,有谁还能从我窗子下路过?我备好的美酒等着谁来共饮?又能与谁共话桑麻?

又到了一个菊花盛开的重阳季节。

故乡啊故乡,我已闻到了菊花酒醇厚的酒香……

灵魂的一生

漫无边际的黄沙让所有人丢失了故乡。

灵魂的一生被磨得遍体鳞伤。浑浊的河岸，我把一些乌云搬到船上。我听见橹声自血液深处传来，清晰悦耳。我身体的马匹焦灼抖动。遥远的大地，我的老花园何时萌出新芽？

大火来临，鸟群飞远。

肩负铁器的人，把自己锻造成一块金属，被时光一遍遍磨砺。

我不苛求过往的翅膀让蓝天倾斜，我不责难今天的脚步让道路陷落。

风花雪月没什么不好，它抚慰或修复了千疮百孔的大地！

大路延伸，盛装灵魂的山谷敞开了秘密。弓箭折断，森林的种子被大鸟掠走。黑暗中的道路，被一场大雪洗刷一新。

那些虚度光阴的人啊，那些埋头苦干的人啊，你们带着沉重的肉体，走在灵魂的山涧小路上。但有谁，能数清自己一生的足迹？

谁的内心吹开了雪

大风吹！把多少翅膀吹到了山外？

把谁的内心吹开了雪？

空气停息了，一些声音并没有消失。雨水离开了云的家。无处藏身的鸟群，将骨头、汗、盐和血，掩埋天上。方向远去，回忆丢失了重量。

那位身披蓑衣头戴草笠的渔人，是否还坐在时间深处，垂钓千年的时光？

一个寒凝了心灵的时代，唯有贤者，才会去山里采撷稀有的菊花。菊花开放，小小花瓣摆渡心灵的高洁。山那边的风吹啊吹，把一场雪吹进了那个人的内心，灵魂秘密地殉葬，果实悄悄地转移，他的心灵被大雪清洗，他的身体因此而在千年的河畔生根、发芽。

他也看见了阳光的悲伤。树丫间分蘖出一个又一个小小的王。

大地与宿命，民谣与颂歌，被一种锐器刺伤。

江湖在侧，庙堂遥远。一些人攀上了时间的长路，他们把血中密存的宝剑藏进了漫天风雪，然后随雪花一起跌进了岁月深不可测的谷底。

大风吹，大雪下。这一场大雪啊，能否召回一些破碎的灵魂？

（选自散文诗集《过故人庄》）

鲜　圣

鲜圣(1967—　),四川巴中人,现居成都。出版《鲜圣诗选》等6部。

候鸟:大迁徙

向东或向西,南来或北往。

每一只候鸟都是指南针,内心,朝着同一个方向。

雁、鹭、鹳、鹤,一千双翅膀张开,就有千万双翅膀在翻卷、扑腾,就有千万缕目光在顾盼、眺望。

翅膀打开,昼夜兼程,飞翔或抵达,时光,贴着翅膀。

翅膀,托举一个故乡。

在大宇盘旋,每一只候鸟都是一束闪电,每一声鸟鸣,都是一个春天。

衔一缕黄昏,啄一抹朝霞。繁衍、生息,候鸟追寻在路上,恋爱在路上,死亡也在路上。

东南西北,既是来路也是归途。

停留与飞翔,沿着同一条路线行走,所有的酸甜苦辣,都是一片薄薄的羽毛。

一棵树与一只鸟

我忘记窗外,有一棵树。
一声鸟鸣抵达,才让我看到,树的存在。
鸟一叫,树成了窗外的乐器。
我没有看到鸟的嘴唇,但我听到了树的歌唱。

事实上,鸟来与不来,一棵树早就存在了。
有一只鸟多好。我们都在这样想的时候,鸟来了。
鸟在树上飞来飞去,快乐得像个孩子。

沿着清脆的鸟鸣,我走近这棵树。
树一动不动,而鸟,突然飞走了。
鸟带走我的想法,飞得无影无踪。
我在失落中离开了这棵树。

我重新回到窗前,突然看到鸟也重新回到了这棵树下。
风吹起,鸟在树上跳跃,树,快乐得像个孩子。

我张开手臂,试图像鸟一样把一棵树拥抱。
我的目的,是想让一棵树,发现我和一只鸟的共同存在。

(选自《大沽河》,2017 年第 2 期)

李俊功

李俊功(1965—),河南通许人,现居开封。著有诗集《梦园》《弹响大地风声》等。

他们忙碌的田野,没有一丝声响

我如果能够像一棵庄稼一样理解秋忙,我就会像一滴水一样融化在一声不吭的忙碌里。

没有一个身影高过吐蕊的棉田。

没有一个身影承载的雨水不在久久回荡。

脚下累积的疲累,像极了沉重的幸福,而一阵阵同样忙碌的风,吹不去,更无法吹散。

他们透过叶子看到微颤的村庄,看到砺石生火般的秋天。

秋忙,每一整天的长度,超越长着翅膀的阳光。

夕暮,谁会注意到往常一大照例在此结束。——脚步延长了,内心的呼应延长了。

暮色,尚不能暗到他们的行动和心里。

他们,他们,

云烟一样融合在模糊一片的秋禾。

忙碌,忙碌,

村外暗下来的田野,仿佛没有一丝声响。

从此给我，西河地的绝望

瘠薄的田野在突然紧张的眼睛里显露困厄、凌乱，

纷乱的田塍剧烈地抖动，鞋子的抖动。

谁无声地撕裂叫喊。

整条丢失的河流，定格悲伤一刻。

无色梦的基调。错乱的头发。

我跟着一些数字错误，一再错误。

——从此给我，西河地的绝望！

村庄慈悲涌动。

看见的手，看见的架子车，看见的脚步，看见的通往乡镇的凸凹柏油路，看见的后撤的水泥桥，看见的汗水的脸，看见的无奈的惋叹……

西河地的少年拖不动轻飘飘的自己。西河地的少年突然丢失的少年。

而少年意念，被炎热夏天的噩梦缠绕。

众人之手，钳开一秋的缝隙：时光倏忽，不觉已然穿越十年。

——从此给我，西河地的绝望！

西河地的少年有一车忧伤推不动了。夏天推不动，秋天推不动。

西河地的少年的父亲被河流拦截了四十八岁的命运。

西河地的少年的母亲推着一车悲痛，蜿蜒行进，行进蜿蜒。

悲伤拖住秋天的车轮。

——从此给我,西河地的绝望!

绝望的西河地:不知道现今的模样如何?我已多年不敢挺进。在一条遗憾的河流里,我注定畅游一生,无法上岸。

这不是我的西河地,这是我的绝难抹去泪瓣的西河地。

我的绝望,我的绝望,我的累如磐石的绝望。

绝望之地。——踏伐着我。

——踏伐着我的脚踪。和惊慌经年的心跳。

啊,啊,啊……

——从此给我,西河地的绝望!

(原载《大河诗刊》,2015 年第 5 期)

陈惠琼

陈惠琼(1967—),女,广州西关人。著有散文诗集《西关写意》等。

西关老屋的井

一

不知过了多少日子,老屋的老人更老了,而那口无天空的井却青春常在。

老屋那扇漆黑漆黑的重木门后,在那精湛的湛蓝的花玻璃窗下,那口无天空的井壁绿茵茵、绿茵茵……

老屋在百年的灿烂生活里,无天空的井是隐秘的一角,仿佛飘着几代人眼中的珠泪,裹着四季如梦的雨雾,荡漾着不可名状的百年历史的满足,清响水声是生存的主旋律……

滴答……滴答……像老屋内的话语长流。

二

从居住老屋的日子围着井背李白的《静夜思》开始,老屋那口井竟挪到我幼小的心灵上来,搬运日子,却无法填满……

那年下乡，果园青屋下，木瓜树旁有口井，这是一口有天空的井。虽然没有辘轳，汲水时，用一根绳子吊着水桶，水桶随我长长的辫子坠落。

水一桶桶被提起，辫子一次次坠落，日子一天天过去。内心绕着圆圆的井转，转回老屋那口无天空的井旁，端午节暴雨横扫，井的水溢满。

水浸啦——水浸啦——

老屋被沉浸……

在老屋中行走，足下负重地发出“啪啪，啪啪”的溅水声。

如今，老屋的井被日子的转变填满，罩着一个不曾遗忘的圆梦……

（选自《羊城晚报》，1996 年 7 月 28 日）

一方天井

西关老屋，都有一方古老的天井。

天井窥视着人间……

不知何时，几株寄生树遮住了深深浅浅的皱褶，爬山虎随日子努力地攀登，玫瑰含着笑对方形的一池清水放开。

鸡鸣催醒了天空的朦胧；黄昏归隐花影中，水龙头撩拨躯体淋浴着，释放生命的热烈；节日的夜出现笑谈的欢欣景色。

天井偶尔孤独，偶尔好客，四季轮回。

岁月嬗变，唯独天井的风景依旧。

天空笼罩着天井，天井在一条单调的麻绳摆动中回旋，一时忧伤，跳跳蹦蹦地下着雨，即便关闭，也一片漆黑。一时喜悦，即时打开，一片光芒，射入灿烂。

置身小小的天井，天井轻轻地曳着往事的流云……

天井永远挪动儿时认真读书的影子，永远流动那轻快而又凝固的思想。

片刻，悠悠地拉开，戛然一声，拉开一扇长方形的记忆——

不知何时，弯月已爬进天井的框里悄悄地窥视、窥视着……

（选自《广州日报》，1995 年 11 月 28 日）

邵光智

邵光智(1967—),山东沂水人。出版诗集《行走的诗行》,报告文学集《沂蒙颂歌》等。

秋天的高度

秋天的高度是一株高粱、一棵玉米、一束稻谷的高度。

秋天的高度是一声雁鸣、一朵祥云、一束月光的高度。

秋天的露珠晶莹剔透,此刻,朝霞的光辉迎面而来,我站在一棵花树下,站在早晨的秋凉与爽快里,望着日渐明澈高远的天空,思索人生的高度。

目光从这个山头移到另一个山头,脚步从这个山坳移到另一个山坳,高度,是移动变换的。

我可以踮起脚来摘下一朵花,我可以俯下身来拣起一片落叶,高度,是在俯仰之间变换的。

人生有没有高度,有,那是内心里的一把尺度。

身边的这棵树,她的高度不是伸向天空的木质,她的高度是花香鸟语。

在树下静静地站着,我忽然觉得,人生的高度,是灵魂的升落与迁徙。

这是在秋天,所有的收成,都向着春天的设想,填满天下粮仓。

收成过后，在秋天的宁静高远里思索人生，人生的高度，是脚下伸展的路，站立起来，是一株庄稼、一棵树。

（选自《星星·散文诗》，2016 年第 12 期）

夕　阳

一直对夕阳，充满很深的向往。

夕阳西下，我追逐夕阳。

我相信，自己握住了一天中最后的光亮。

累了，我坐在山冈，看夕阳从容不迫，将一抹红霞，留给黄昏的炊烟和牧归的羊群，留给我年少的梦想。

很多时候，我走在路上，透过客车的玻璃，欣赏夕阳，欣赏夕阳的红颜，欣赏夕阳不变的脸庞，那天空中灵动的时光。

有谁能比得上夕阳的沉稳，那是朝阳总结的诗章。

有谁能比得上夕阳的从容，她胸怀黎明的曙光。

此刻，我和一棵树木，一起欣赏夕阳。

此刻，我和一片丛林，一起欣赏夕阳。

我们和朝霞，夕阳崭新的思想，一起醒来。

我们一起成长。

从一粒种子开始，从一枚嫩芽开始，从青春开始。

我们会慢慢，成为过往，成为下山的夕阳。

我们相信，梦境，连着霞光。

（选自《诗刊》，2009 年第 12 期）

海　叶

海叶(1968—　),原名何立新,湖南邵东人。著有散文诗集《凝眸与倾听》《时光里的心情》等。

大地之歌

窗前的风声已停歇。

岁月的笔记已渐渐发黄,一片青翠的叶子,遮住了来自地平线上的光芒。

在通往花园的秘密小径上,细碎的鸟声惊醒了草地上酣睡的孩子。

布满农事的村庄,敞开了丰收的粮仓。

昨夜的雨,打湿了村头那棵老槐树上悬着的鸟巢,使得清晨的阳光在枝丫上颤动起来。

粮食的芳香熏黄了父亲的脸庞,儿子蹒跚在地平线上,牵着清亮的鸟鸣给丰收的庆典伴唱。

落日,定格于一条河的尽头。

一些欢笑在傍晚打开,像夏夜的萤火虫,打开自己的翅膀,打开自己内心的光亮。

整整一个下午，斜阳看着自己的影子在镀金的水面上跳跃，是谁，把廉价的金子撒进黑暗，掠过水底的波澜。

大地用点点滴滴的柔情锻打着自己的骨头，让似水的光阴绵延生命的沉寂。

我把自己的灵魂整个儿交出去，让大地托起我赞美的诗篇。春天再次来临，而逝水怎能返回时光的源头？猝然苍老的暮色，遮不住悄然萌发的勃勃生机。

一个游子在无边的空旷里漂泊了经年，收获的沧桑怎能回答一个诗人站在大地尽头的诘问?

永远有多远，明亮有多亮?

追随一只鸟自由飞翔，是全人类的梦想。

大地无言。天空无语。落叶飘逝的苍茫，雪花飘飞的迷离，让母亲的白发在一夜之间变得更白。

流淌千年的河流竟意外地干枯了。

断流的历史裸露出想象中的虚无。

时光静寂下来。水中的生命自生自灭，就像一场梦，说醒就醒了。

盲目自大的主宰者，伐尽河岸可以砍伐的一切后，便沉沉入睡了。只有小小的蒲公英，还在黄昏中守候着大地美丽的心跳。

把七根火柴擦燃，把七朵小小的火焰移到时光的窗口，照亮步行去天堂的小径。

怀抱青草和星斗的马群，同时展开飞奔的四蹄，永远都只在路上。

真实与荒诞。注目与倾听。

谁在爱中进行大地的素描？风中的传说和神话在战争的烟霭里飘荡。泊在诗意之内又在诗意之外的和平鸽，是大地世袭的良心见证者。

尽管去欣赏大地吧，可不要肆意去膨胀深渊般的私欲！

（选自《散文》，1999 年第 11 期）

庞学杰

庞学杰(1968—),笔名萝卜孩儿,山东平度人。著有诗集《第七感觉》《短笛长腔》等。

晌午·村庄

晌午,门楼里。燕子闲扯,门闩打盹。

老黄狗,舌头伸得比中午还长。

小花猫,阳台上,躺成了一张虎皮的模样。

恋旧的老槐树,在去年撒了三百遍的地方,又撒了一层浓浓的绿荫。

一只红公鸡,飞上杨树梢,它发现了母亲丢失了三天的羊!

绿果满枝。一株小梨树,用倒影的掸子,轻轻拂去地面上的阳光。

突然出现的小旋风,是季节的耳朵,跟着奶奶走街串巷。

麻雀,院子里最小的家禽,梨树上四处张望——它看见了父亲的额头上,一粒黄泥陪着一颗黑痣:晒太阳。

(选自《散文诗》,2012 年第 4 期)

故乡的黄昏

故乡的黄昏。

多少记忆更清晰，多少秋色流成河？

一个人的远山，夕阳入怀。

一个村庄的空落，把多少乡思，搁浅在一张张蛛网上。

芦苇丛中，迟归的鹅群。

半山腰上，留恋的晚霞。

最后一抹云，伏在光秃的山头上。

卡在喉咙里的乡音，难以吞咽的乡音！谁的味觉里，早已没了五谷的香。

从童年开始延伸过来的一条小路，越过多少河山，蹚过多少季节？先我而去，一直伸到天边；止步在——

我背井离乡、安身立命的地方！

今夜，顺着风声回故乡

故乡：一排白杨树做成的梳子，梳掉了所有的青丝和白发。

秃头的天空，心事重重！

——向谁倾诉？

河水依然流淌，只是少了些声息。芦苇丛中，去年的野鸭，早已流落他乡。岸上，过往的大雁，只在麦地里，留下一大片爪痕。

天边的云——没了翅膀，只剩下一颗心——依然回想着故乡的水声，雷声，心跳声……

今夜，海边柔软的南风，徒步走向故乡！

回乡的路上，必定是——

霜一行。

脚印一行。

额头的汗水无数行……

（选自《山东文学》，2017 年第 5 期）

王　垄

王垄(1968—　),江苏柳堡人,现居扬州宝应。著有散文诗及诗集《我从垄上走过》《梦中蝴蝶飞》等。

年画里的村庄

年来了,年画里的村庄像朴素的理想一样美丽。

秽气被门神赶跑,菩萨所送的礼物,比胖娃娃的笑脸还要色彩丰富。

一幅杨柳青,一幅桃花坞。年来了,年就是一幅伟大的吉祥图。

几堆残雪还赖在屋顶不走,好像它也要在年画里挨近那一团团红红火火。

借着木版里的金鸡、春牛或奔马,我读懂了民间一部厚重的喜庆辞典。送子的麒麟拉我入伙,把我也当成了一个烘托节日的字符。

村庄迈着热闹的脚步,跨进幸福的门槛。更高水平的追求,在阳光的取景框里,领到了和睦美满的户口簿。

年画里的村庄,提前拉开了鸟语花香的帷幕。

作为画中的一员,我愿做丰衣足食的助手,唱春耕夏种、秋收冬藏;唱风调雨顺、五谷丰登。我要让那亲爱的村庄,像寿星一样健康，似秦琼一样威武。

在诗歌的仓库，珍藏一幅幅年画，看花灯盛开，听星宿喧哗，我们是不是比远去的祖先更加自豪、荣光？

（选自《星星·散文诗》，2015 年第 2 期）

天籁淹没了村庄

情愿回到这现代主义的原野。

仿佛每一丝空隙都被自然的音符填满，大弦小弦，大珠小珠，竞相挤占柳堡肉身里的宗祠，整个村庄由有名无名的声响统治。

我以两片干净的耳膜，并用合适的姿势与信仰，才能在昆虫、青蛙、夜鸟及其他万类的竞技场，找到一条集体意识强烈的出路。柳堡，这美丽的喧嚣而又宁静的集中营，辽阔无边的嘴、喉咙以及翅膀，碰伤了我们的胸脯，撞疼了我们的心肺。

它们是谁？暗夜里，用一样的方言、不同的声调，营造出柳堡无数的金字塔。

喜欢寻根求源的我，无法在铁色的树林、潮湿的草丛中，找到那些乡土的歌唱家、演奏家。也许每一节枝丫，每一片叶子，都是它们的乐器或者指挥棒。

独奏和合奏，杂弹与交响。

——似乎，它们也懂得，只有以各自的声音，才能证明自己是柳堡的一部分，天地的一部分。

那些宝贝。这些亲人。

让我在被天籁淹没的村庄找到了灵魂的位置，伟大的柳堡所发出的呼唤，是天籁上的天籁，激起一片水带恩光。

小村郑渡

小村郑渡，我精神版图上的一颗图钉。

泥泞的村路，已经被混凝土覆盖。那个叫小贵的花痴病患者，一年四季，都在村头，把心上的姑娘等待。

瘦骨嶙峋的小河，多像我锈迹斑斑的心灵。茅草屋变身的瓦房与小楼，赶不上肺活量巨大的工厂烟囱的高度。

柳堡大桥下，已听不见摆渡的艄公色情的小调。红白大事吹奏的队伍，却依然借一管唢呐，演绎着千古不变的生活。

一条街，像年迈的母亲一样缺钙。农民书屋里那些摆设，压根儿挤不走郑渡的空洞、孱弱和寂寥。

更忧伤的事情，不是来自时光。逢年过节的一次探望，又多了几个熟悉的名字，被写进小村公墓的名录。

我索性把这颗图钉撬开，看小村的远景无法言喻。任意一棵小草，都是那样悲凉得真实、辉煌得虚无。

（选自《山东文学》，2015 年第 10 期）

王舒漫

王舒漫(1968—),女,笔名蕙兰于心,江苏南京人,现居上海。著有散文集《心岸》,散文诗集《耕云播月》。

九月,银杏正熟时

走在路上,横过真正的静谧。心沸腾,精神却流放一生。

——题记

秋,抓起了丰腴的银杏,风,吹醒了我的孤独。

干燥的九月,湮没在秋气之中,你,显得无与伦比的美……

想你了,想你折扇样的叶片像金色的蝴蝶,微风一掠飞呀飞,想你像油画一样背影,橙黄,翠绿,想你,阳光下闪着金属般的光泽,想你柔唇半开的丰盈,想你在我心前舞蹈的甜蜜……

时光,从古老的树梢流动,你这东方的神圣,千年不老,你这纯白如银,万年不变的玲珑心,超越一切草木之上。

没有群峰,我凝望着天空,寒秋吹动着树叶,你异常激动,手足无措地站着,我忘了羞涩,捧着你,拽下一串青青的白果。

呀,把树枝摇动得"哗哗哗"作响,然后,躲在静处,去掉冗余,我把果儿吞下。

你便是我了……

九月，收集线性的秋

雨，沿着松针簌簌地垂落。打开九月，我想收集这线性的秋，以及这雨，这况味。

不料，这寂寥的风，发出唏嘘声，国福路两旁，一地橙黄的叶片和落枝的青青果儿，粘着九月潮湿的气息，惆怅地飘于空中……

雨，继续滴滴答答地落在一层层台阶上。上海的九月，湿漉漉的，像一张发黄陈旧的照片，一条石板路，像一角古老的街坊里弄，一首经典老歌和着过去了的时光，清晰又模糊，温暖又感伤。

前方，鸟儿在高飞，疲倦但没有失音，世界在窗外，身后，秋风依然萧瑟。

走在路上，横过真正的静谧，心沸腾，精神却流放一生。我放眼，敛住气，望着被苦难清洗过的天空……

（选自"王舒漫新浪博客"）

李　浩

李浩（1968—　），安徽望江人。作品见于《青年文学》《星星》《山东文学》《散文诗》等。

扬花的水稻开始奔跑

踩着一块块方格的水田，扬花的水稻开始奔跑。

它们一弯腰，风就从那些稻叶上纷纷滑落，并借势将在稻叶上栖居的我，摔进葱绿的诗行。

今夜，让我倾倒一盆月色，给那些奔跑的水稻浇肥，然后乘势去分蘖自己心中茂盛的诗意。

好脾气的炊烟

一低头就温柔，一吹拂就飘散。好脾气的炊烟，在村庄的上空柔柔地轻扭细腰。

轻柔的曼舞。

谁家的女人，正将她的柔情化作自家屋顶上一缕温馨的炊烟？

以一种飘逸的美学在我心灵里袅娜：好脾气的炊烟，总是适时地驱散我心头低落的情绪，并给了我无穷的暖意和爱。

添一把心灵的柴火，去升腾自己心中不灭的炊烟。

一粒粒鸟鸣令丰收的日子饱满

翻开秋高气爽的农事，稻子就齐刷刷地黄了。

将满脸的喜悦泛成阳光，谁家的老汉伫立在田头，起伏的心潮伴随黄澄澄的稻浪一阵接一阵地翻涌。

把一只又一只麻袋的心事灌满。一辆收割机下田嘟嘟地一响，大片大片的稻谷一下子就丰收了。

一个在晒场上收拾着新谷的女子，眨眼的瞬间，就令那堆起的谷垛与她的胸脯产生了共鸣。

一粒粒鸟鸣，正将丰收的日子唱得格外圆润和饱满。

（选自《山东文学》，2015 年第 3 期）

刘赞科

刘赞科(1968—),山东青岛人。出版诗集《走丢的脚印》。

我遥远的山村

山村遥远,在记忆的泥淖里越陷越深。朦胧的一个轮廓,像团雾,弥漫在大沽河畔。

枯瘦的大沽河,遗弃的一条船。

城市的嚎叫惊醒忘却。

我的山村,自哪里来? 我来时它已在了很多年。

是我的先祖走不动了,行走与寻找停驶,双腿掘地取水。

水,一滴一滴浇大了树。树,一棵一棵围成了御寒的巢。水,使饥渴停止蔓延;巢,使先祖放弃前行。

是我的先祖背井离乡过久,苦砾的心,适宜这里的荒凉。自己停下来。卸下一路的尘土,和在这片泥土里,凝聚成家。寒风把一个个家拢在一起,山村就暖了。

我,为何生在这个山村? 有山,是穷山。有水,是恶水。鲜活的生命委身于贫瘠的土地。童年还没有打开,秋季就来了。几场秋雨之后,快乐就遥远了。

背负着孤独上路,城市里栽不下山村的庄稼。我的双腿无法掘地取水。一路漂流，城市的嚎叫敲响四季。山村的犬吠，敲响生命。

红樱桃

星星点点的红，透过光与影的窗户，晕似的倒挂在枝上，头朝下，探望。

青翠的叶子，摇晃着暖风，努力面向正午的阳光。

太阳高遥，在目不及处悬着，头朝下。

洁白蝴蝶飞远。茧留在草丛中，一身褴褛。

谁家的樱桃落在少女的口中，滞留，成了樱桃小嘴。鲜艳欲滴，等待路过的飞鸟啄食。

樱桃树站在院子里，腆着红脸蛋儿，等待邻家妹妹采摘。

其中一棵，不想长大，躲在深处，害怕那些采花的手。

空　山

空山，幽静。锁住所有的喧嚣。

深秋的空山陷入深深的幽静里，像一位独坐的老人。失语的风到处游荡着，无叶可摘，无枝可栖。曾经的辉煌一转身消失，像树一转身丧失衣裳，露出灰白的筋骨。

果子们都下山了，跟随匆忙的人们走远了。收获行为和甜蜜的爱情也下山了。只有这落寞的水塘如一只眼，冷冷地仰望天空，清冷的意识在水底轻轻地流。

偶尔的鸟鸣从远处传来。绿的、黄的、红的叶子杂交着。

深秋的山，会有自己的声音吗？寂静，让我听见你远去了的呼吸和心跳。一种悲苦自水塘底部涌出。

（选自《星星·散文诗》《青岛文学》）

常华敏

常华敏（1969—　），云南大理人。作品入选多种选本。

故乡的呐喊

吹手挣红了古朴的脸。

故乡的天穹格外湛蓝，有唢呐声悠悠飘过，顿觉心情恬静坦然。

忽一阵大地的震颤，浑圆的明月蹦脱母体，灿然悬于夜空。

那淋淋的血滴，还让人们惊悸着苍宇分娩时的痛楚。

村里的唢呐向天而鸣。

迎亲的花轿队吆喝着走入村落，悦耳的乐声，打乱新娘的心绪。

沉寂时，有送殡的唢呐吹愁山民的情结。

故乡就在这唢呐声中，把欢迎和哀伤写在面颊上。

艳丽的日光斜射而下，照亮了汉子们腰间的唢呐和酒壶。

在故乡，他们就是用这种神秘和粗犷的色彩涂染生活。

唢呐声响了，古道上的马帮依旧扮演着昔日的辉煌。

狩猎者土制的火枪，在原始森林里伴奏着铿锵的节拍，野物的肉香使猎手们更加勇猛地疯狂。

这里，有旅人常来客居的驿站，烈酒和唢呐定是最壮美的景观。

故乡的唢呐声，缠绵而又亲切。

当我们在城里泛起思念，就撷一段故乡彤红的日子，挂在心坎儿上。

这时，唢呐声如胶似漆，浸透周身。

收　割

当烈日把成片的庄稼催黄，乡下的人们便有了繁忙的农事。

早起的微风，追赶着农人惬意的心情，草株上的露滴还未睡醒，晃动的身影已写满田间。

即将收割的庄稼，等待成焦急。

让春天就启程的旅途，坎坷而艰辛。成熟的个性，也难掩饰回家的喜悦。

女人们挥动着利镰。

唯恐落后，她们已无法顾及前胸的跌宕。这，和庄稼的成熟浑然一体，灿烂和美丽了山乡，灼伤了许多男人的眼神。

瞬间，女人们的身后已割倒一片秋天。

禾场上，男人们抡起强劲的手臂，让震耳的声响，覆严田野，令女人心颤。

撮起的谷物，涌向挑担，接着就被男人们以娶新娘似的感觉搬回庭院。

收割，平静地串在季节上，它是一个痛楚而优美的符号。

收割后，冬幕便悄悄地落下。

严寒里，不再有谷粒漂泊在外。

（选自《散文诗》，1997 年第 8 期）

鲁绪刚

鲁绪刚(1969—),陕西旬阳人。著有诗集《岁月之重》等。

春天,或者语言的重

阳光中最细微的尘土,被风掩盖。修辞里劳作的人,不堪语言的重负,打开窗户,让鸟鸣直接进入身体,卸去内心的石头。

让小草比春天更绿,从残雪的声音走出,把桃花一朵朵插上枝头,把犁铧擦亮,然后送入泥土。一些古老的句子,浮在流水的表面。

让比石磨还老的水,继续绕着村庄低吟、歌唱,一波一波和月光一起,漫上乡村的土炕。正在拔节的庄稼,那些一直醒着的夜露,用纯正的方言,讲着山中的事,季节的事。

其实,这个早晨的太阳是一枚邮戳,盖在春天的身上。我看见地址已经模糊,收信人的名字熟悉而又陌生。

棉花,或者丝绸的柔软

一种天生的白。

棉花，在八月的天空下，与桑树、与蚕一同生长的，是没有颜色的鸟鸣。

在泥土清晰的掌纹里开花，在可以俯视它们的岩石上，坐着干净的云朵，和远去的季节歌声。

流水，回旋于传说中的那些日子，瓦罐早已破碎，即使把月光不停地整理，也织不出丝绸的柔软、掠过羊毛的光影。

这一种白，终于成了树枝上汇集的蕾和它们的绒。风能够吹动的是远处的草，还有搭在锄柄上的衣衫。风吹不动乡村的石磨、山坡上的羊群。

抽出内心的丝织成丝绸，棉花的白，让那朵随季节一起游走的云，停了下来。

阳光，或者四散的云朵

被一阵风传递的，不仅仅是果香，腐朽的水气，还有阳光、青草、牛羊粪味道。山坡上的庄稼严肃地站着，习惯面朝黄土背朝天，与劳作的人们恰恰相反。四散的云朵，有时聚拢，有时分开，企图篡改天空的辽阔。

坐在树枝上的鸟鸣，用一种自然的颜色涂抹。这个秋天，我收起了从前的心情和细腻的陶瓷，直到水声打湿泥土；直到碎瓷上的光芒一一被季节收走。

在一条干净的路上，我看见远处的那些人举着叶子、镰刀，或者草尖上的露珠走来。阳光坐在上面，早晨蝉翼般透明。

（选自《山东文学》，2014 年第 9 期）

梅一梵

梅一梵(1969—),女,陕西汉中人。作品散见于《青年文学》《名家名作》等。

小 满

当大地把一株麦子高高举起,麦子就熟了。

麦子熟了,金灿灿的阳光穿透它的蓑衣,挺进内部的皱褶,以饱满的情怀,轻车熟路地熔炼一个节气。

当一粒粒麦子,变成浑圆而黝亮的古铜色,麦子就熟了。

麦子熟了,一垄麦田就是一座村庄。一棵麦子,就是一个瓷实的乡下女人。

她翘起丰硕的乳房,走过细溜溜的田埂,走过甩着尾巴嚼草的老牛,走过空茫的打麦场。用原始而盈溢的香气,诱惑这膨胀的田野。

所有的村庄都开始蠢蠢欲动,所有的麦子都开始浪起来。

我曾经在许多麦子之间,努力地吐扉、扬花、包浆,却干瘪成一株秕子。

镰刀拒绝我认祖归宗。

麦子熟了，田野熟了。

一只麦子鸟，一边以飞翔的姿势拉开大地，一边清脆地叫着："边割边黄，边割边黄。"

我垂下头的时候，它越过，撅起屁股、弓着挥刀的农人。返回来捡我。

芒 种

每到一个节气，我就用指尖浏览农历。

就像弹奏一座山，一道梁，以及一头在田里耕耘的老牛。

水田弯弯，泥土细润。农人扶着铧犁，老牛牵着农人。

他们一起，把稳健的步伐，从泥里拔出来，向前挪一步，又认真地踩进去。直到滑溜溜的泥水从脚底溢出，沉淀成温厚的泥床。

在他们身后，一些心急的秧苗，正迫不及待地，稍息，立正，归队。站立成横平竖直的行距与株距，站立成一排排稚嫩可爱的娃娃。

它们在风中，点点的样子，仿佛我与久久失散的故乡，忽然相逢在一幅水墨葱茏的版画中。

芒种，是承前启后的告示。

麦子斩断光芒，铧犁耕耘光芒，老牛掏出光芒，泥田闪耀光芒。只有我，在这个生死交替的日子里，静静地任梅雨淋湿。

好让一个节气，自然超度。好让一个名字，在光芒中发芽。

（选自《大沽河》，2017 年第 1 期）

水　湄

水湄(1970—　),女,本名鲜红蕊,四川什邡人。著有诗集《遗落在风中的岁月》。

天上的若尔盖

只有身临其境,你才能领略它的独特,譬如若尔盖;伟大的地理长在天上,譬如若尔盖。

——题记

一

花草拱动这高原。

天空印着侧旋翱翔的神鹰。

青雾袅绕,白云拥趸,成群散落的牛羊,像黑白的纽扣静静系在山的胸襟。

大风从天上来。

山口,有六段偈语长到一堆石头里去。

一切仿如鸿蒙初开。

涌向我，面前这苍苍茫茫的大草原，低飞的天空，羊群似的云朵；

涌向我，背后白蘑菇似的毡房、苍苍莽莽的青山。

席地而坐。多么宁静，目光在一株草上，渐渐蔓延到蒲公英、牛奶花上……它们像漫天起舞的星星；风在花草尖上弹动出微音，牧歌，珠露；一些光亮在我面前摸索，摸出马蹄、经幡、寺庙和万水千山。

阳光划着桨橹，向十万朵花香里走，向十万顷草青深处走，向银色的河流里走，向桑烟处走；拉开云的封口这如瀑的阳光向眼神明亮的人走……

车如行舟。一些人离去，一些人正在赶来的途中。

牧于这风，牧于这高原，马鸣萧萧，祈祷，合十，庄严，苍劲，辽远的达扎寺雄沉浑厚的佛号在我耳中移动，感召着佛性的力量。

了无尘埃，了无杂念，感觉自己好像就在天上，在这伟大的地域，我相信了神灵的传说。

或醒或梦，在若尔盖，一卷卷花开和水鸣，长在天上。

声音，色彩，各种各样的生命迹象，汹涌的血液，汲满原始的美，在此出世和回声。

垂询。聆听。

大地苍茫，神的偈语缓缓浮现。

也许，一生最有意义的时光就是为了等待这一刻。

二

一滴鸟鸣，击破清空。

一匹悍野的马在吃草，牧羊犬正把羊的咩咩声和一弯流水赶下坡。

山一样健壮的牧人在马背上吆喝着，高原红倾倒在他们黧黑的脸上。

黄昏中最后一只甩着尾巴的黑牦牛不紧不慢穿过公路；青稞和玉米涌动在山脚下；一扇扇鹰翅已归牧在山顶，被山风擎握。

黄泥夯筑的藏寨旁，白塔耸立，五彩经幡飘动。诵念嘛尼，藏族阿妈在门口眺望，我从她沧桑的脸庞和浑浊的眼睛里触摸到时光深处的雪雨风霜。

一方水土养活一方人，一只又一只牛羊跟着水草转场迁徙，逐水草而居。

那些被啃食了的草地，在不断，暗暗生长气息。

我不是赞美和歌唱，这高原上信奉神明的子民，占有马背，身染泥土、炊烟；这高原的宠幸者，用骄傲、坚韧、自足，在这世外净土，收割落日，收割月亮；天地方圆，在黑土地上种植家园，铸就伟岸。

转目处，遍地青葱，遍地繁花，这卷于时光的净土，这高海拔，仿佛只有日月和风霭可以自由进出。

我的眼睛停留在这里，携带着馨香野花、流水、鸟鸣、风声……

这些经过的时光。

注:若尔盖县位于青藏高原东部边缘地带,地处阿坝藏族羌族自治州北部,位于四川省北部,系四川通往西北省区的北大门。若尔盖草原素有“川西北高原的绿洲”之称,是我国三大湿地之一。

(选自《青岛文学》,2016 年第 4 期)

朵　而

朵而（1970—　），女，本名吴雅弟，上海松江人。著有散文诗集《黑琴键》。

重返故土

许多年后重返故土，已见不到一粒稻谷。父亲挑着湿稻跨过的那条垄沟，还流着祖母跌碎锁骨的开裂声。天暗下来，影像晃得像一担水。

紧挨着竹林的瓜棚，外乡人看着天色已晚，架起了铁锅。我似乎看到祖母舀一碗豆花，递到跟前喊："小囡，吃呀。"

那些用麦秸烧水煮饭的日子啊，不在了。

几条流浪狗在废墟边走走停停，滴着泪水。

路边，矢车菊凋谢前，还尝试着多看了我一眼。

塘　口

水葫芦泛着热气，簇拥在塘口。

江面，轮渡偶尔发出一长一短两声，比昨日略轻。

夏天没有更多花粉可以荡漾，水草喜欢把自己投射在人脸上，遮蔽着过往。

我不敢抬头仰望头顶那种蓝，害怕云朵会将眼内深藏的物质凝固，令这条江只剩下一副骨架。我害怕从此，你便有了忧伤的理由，不再返回。

长时间横渡之后，你我依然无法在渐变的枯黄上，虚拟一种疼痛。

（选自《青岛文学》，2017 年第 11 期）

如　风

如风（1970—　），女，本名曾丽萍，新疆奎屯人。著有散文集《那时花开》，诗画集《空中草原·那拉提》。

最后的麦田

在这座城市的边缘。

在那个叫作天北新区的地方。

那原本是麦田和其他庄稼的家园，布谷鸟和麻雀常常在这儿追随着四季的翅膀飞翔，小草在这里自由地安家，野性的芦苇也曾在月光温柔里心醉神迷过。

低矮的土屋有过昏黄的灯光。灯光下，母亲的黢黑的面容让黑夜变得光明。

破烂的院墙里，黄瓜、豆角翠绿的青春热闹着袅袅炊烟。那扇风吹日晒的柴扉，目送着谁到远方寻找未来？

——如今，它们都去了哪里？

林立的高楼上空可有一朵昨天的云飘过？

最后的麦田阳光下依然在灿烂！

在风的节拍中，海浪一样澎湃的舞蹈，几只蜻蜓和蝴蝶陪他唱着最后的挽歌！

一片鞭炮声中，推土机和挖掘机又将开辟一片新天地。

仁慈的人类啊！可否挽留这片城市边缘的麦田，这片滋养着我们生命的麦田。

我想象着，走在天北宽阔的马路上，抬首可眺蓝的天山，黄的麦浪。

我想象着，我的家园不光是高高的楼房，空气里还弥漫着麦子的气息和布谷鸟的歌唱！

（选自《青岛文学》，2017 年 4 期）

这些年我离你太远

这些年我忙于行走，却离你
越来越远，故乡！

我忘记了回家的路，不是因为
那条经过三角庄和桃花镇的路年久失修。路边杂草丛生。
你看那芦苇和红柳是故乡上了年纪的老人，
日日站在大路边，木然地张望着。
我仔细辨认他们，试图寻找往昔，他们却早已忘记我这个游子的模样。

我忘记回家的路，也不是因为

早先那一到冬天就从裂缝处漏风的土坯房，摇身变成了一砖到顶的新房，阳光下那么新鲜陌生。高高的院墙阻隔了旧日的时光。

院子里，一小块地上青翠结实的蔬菜是我不认识的。甚至，还站了几株

异常茁壮的棉花，威风凛凛的架势。屋里出来那个说着甘肃话的年轻女人，警惕地打量着我这个冒失的外人。

啊，故乡，流淌在我血液里的故乡

我温暖的童年和迷茫的青春已无家可归，靠近你却让我这个揣想着故乡，

心，热了又热的中年人不知所措！

我分明看见月光下父亲在空旷地劈着柴火，小路上那个背诵课文的黄毛丫头，是我，泥巴棚子下卧着我心爱的大黑狗，摇着尾巴看着我来来回回地走。

而黎明时分，母亲起身抱着柴火进屋，炊烟热热闹闹地升起，一天的日子开始了。

我怎么能够忘记，我的故乡——

母亲去世后，父亲时常孤单地站在没有院墙的房头等我放学回家。我，是父亲一辈子的盼头。而曾经住着父亲母亲的土坯房

里透出的灯光，则是我携带一生的温暖。

我怎么能够忘记啊，我的故乡！那些记忆是扎在心头的一根刺，永远不能拔去，永远不能碰。

啊，故乡，流淌在我血液里的故乡
这些年我离你太远，只因为
回去，你已不再是你，故乡……

（选自《延河》，2015年第7期）

唐　力

唐力（1970—　），重庆人。著有诗集《大地之弦》《向后飞翔》等。

木匠书（节选）

三

作为木匠，劈柴的人更喜欢劈柴这个工作。因为此时他的心灵是自由的。

他左右挥舞，大开大合，他的足在树根上踩着节拍。

他不是在建造，他是在消解。

他不再胆小慎微，战战兢兢。他不在禁锢中行动，他没有限制。

他的斧头是完全自由的，他的心灵也是。

他的创作放开了心灵。他因而获取了最大的快乐。

四

劈木柴的人还在劈柴。整个下午，他都在劈柴。

空气是传来木柴咔嚓、咔嚓的声音。

是他，让这个下午，发出了响声。

他劈柴的动作仿佛从未停止。

这个响声，一直伴随着我，让我在孤寂中长大。

劈木柴的人没有停止，木屑纷纷扬扬地铺在地上。同时随着木屑坠落的还有另外的事物。

“衣服，揉皱的明信片，打碎的瓷器；损坏的与丧失的事物，病痛的与摧垮的事物；甚至还有那微弱得几乎消失的尖叫声。”（伊丽莎白·毕肖普）

而劈柴的人仍未停止工作，他在我的身体中行动。

我的身体中堆满了木屑。

五

劈木柴的人来到天上。

我相信，劈柴的人来到了天上。他面目黝黑，身体粗壮结实。

他把风暴掖在腰下，就像一个木匠把衣服的下摆掖在腰间。

他站在天上，身躯起伏，他操起闪电的斧头，一下一下地劈着乌云的木头。

乌云越聚越多，劈木柴的人劈了一块又一块，声音，就是一阵又一阵的雷霆，不断地炸响。

劈木柴的人在天上使力。

木屑漫天飞舞。

第二天，大雪覆盖。

而我父亲的柴堆，也落满了新雪。

（选自中国诗歌网）

王忠友

王忠友(1970—),山东平度人。著有散文诗集《断脐的地方》等。

深秋的故乡

一场雨,野菊凋零;风湿把母亲的腰疼弯。

一场寒,雁声滴落;拉长父亲的咳嗽。

一场风啊,草在枯黄;黄过小沽河拍打着古老的村落。

这就是我深秋的故乡:

一只小蚂蚱扑到我的胳膊上,倾听故乡把荒凉移到我的肩上的声响;

那些放学回家的孩子,背上都驮着阳光,像风中高大的白杨——歌声嘹亮,天天向上。

(选自《散文诗》,2010 年第 4 期)

山菊花盛开

大片大片的山菊花,一阵阵盛开——那是我年轻的姐妹,朴素的母亲和黄瘦的奶奶在枯草铺地的十月:坚守,和远望。

一年一年，花开又谢的故乡。

这些在我的故乡普通得不能再普通的花，一到秋天，漫山遍野：

有一些，像外出打工的杏姐们，飘零天涯，艰难和苦涩挂在城市的嘴角，碰到她们，我都悄悄含泪地转过身去；

有一些，像给哥换媳妇的枝妹，还没长大就被撕碎，伤疤埋在泥土；

有一些，像我的母亲和奶奶，跟着父亲和爷爷，守着两目山这弹丸之地，怎么也不肯离去。

我在千山万水中流浪，拥抱人间的烟火，连同梦牵魂萦的故乡芦花飞扬。

一群大雁飞过山脊。

遥望在小沽河桥，愿那些骨朵的，开放的，凋谢的，平平安安，日日幸福。

（选自《青岛文学》，2012 年第 12 期）

低垂的向日葵

十月，草木枯黄。老远，我就看见向日葵像乡村的女人，静静地守望在村头的山坡。

风中，太阳举高了她们低垂的爱恋和向往。金黄的花瓣，乡村女子特有的平凡和高贵。

面对葵花，我能在我们贫瘠的土地上写出八百亩好诗，写出她的传统，疼痛，守望，希冀，忧郁，和一个个女人心事粒粒包裹，坚贞追求的爱情。

越走越近，夕阳消失在炊烟。

这个夜晚我必定被葵花包围，甩掉外省的尘埃，每一寸的记忆，每一滴的往事，传遍葵花地里每一个角落。

走下山坡，一朵葵花背着黄昏的影子，独守篱笆墙的破落小院，承受着比天空更大的凄惶。

一种熟悉的忘记，悄然而起，继而，潸然泪下……

（选自《散文诗》，2010 年第 4 期）

文　娟

文娟(1970—　),本名刘伟娟。山东平度人。著有散文诗集《暖色调》等。

一个村(节选)

二

鲜花开在绿叶中,春天里太多一见倾心。慢慢抬高沸腾的血液,季风经过时,力量的出行天天适宜。

跟随日子的柳暗花明。一滴被泥土摔裂的汗水像静心的种子,当嫩芽摆满土地,果实不远,如果能够到达小康,在预言的灾难到来之前,不用担心落寞。

约定果实。风在逗庄稼说话,狗尾草侧耳倾听。在脊背上临摹烟雨江南,我们已接近温饱。

土地的贫瘠源于懒惰。当厚厚的青纱帐从四面升起,绿植包围的村庄多么欣然。你看,街道往返的人们带着温情,烟囱流淌的炊烟带着上善。

与犬吠对言，村庄心意明了。路过的善行与恶念，都有各自的一团气味映照。

培养好自己的山水，人间万象的谜面像薄雾，禁不起风微微地探身。

三

时光，催着老弱病残上路，停不下来的是淳朴的民风。

一个村庄的健康与完整用无法自立的人群表达。在这里，虽然没有锦衣玉食，但人心的绯红萤火虫般频繁上路。

现在，我也在赶路。告别在青纱帐徘徊的暮色，轻轻涉进炊烟，暖黄的念头像谷粒，等待亲人的舌尖欣然落笔。

不需要拘谨与点化。在自己的天地，所有情节都是暖色调里的沙沙声响。

一种自然世界里的安定清晰。

忽略更年与叛逆意识，放松的时光正好盖住纠结，就像以一面光亮为帐——

孩子的娇唤；母亲的叮咛；当春雨需要呢喃，闪电是最感性的陪伴；而鸡啼，一路续燃自己的磷火，为迷恋梦境的人找回来路……

当村庄从微曦中走出，寒霜与迷雾，畜生与人形，从窗户有了太阳的明亮开始，阴影小得看不见。年复一年。

四

未来几日天气晴朗，微风西南……

以延伸的方式唤回流浪的人。村庄伸出街道的手臂，鸭群摇摆，羊群跳跃，身怀六甲的女人将魂魄遗留村口，远方的乡愁像红红的山枣儿，有了酸酸甜甜的味道。

寒冷的冬天，沸腾的血液最具御寒能力。所以，任子女高飞，辛劳的父辈在与己对面的土地上从不接受荒芜的存在。

从阳光的一面倒向另一面，劳作的日子周而复始。

不会忘记粮仓憨厚，秋意耸立，也不会忘记房檐下的玉米辫像久违的知己。

当冬铺天盖地，父爱的潮水未退，母爱皑皑……

打开一个奉献的念头，村庄，是内心蔚蓝的大海。你我迎面的阳光多美！

（选自《诗歌月刊》，2015 年第 11 期）

何　文

何文（1970—　），四川天全人。出版诗集《血液里的火》等。

寻找醉过我的花结出的果

我在寻找春天遗落在花里的心。也是我的魂。

遍山的果，我只爱春天醉过我的花结出的那一颗。

在记忆里寻找合影过的树，寻找用眼睛偷吻过的花朵站过的枝头。寻找初恋般地，我只选深爱过的果树采摘。

果园，你能让每个美好的愿望都修成正果。

我不敢有太多的奢望。站在这片大地上，我只许下适合这土地的愿望：让树木常青，硕果累累。

果不摘，叶不落

“果不摘，叶不落！”

这是正在摘果的老果农给我的解释，也是我看到的现象。

老人很健谈，说到果园，满脸的皱纹都在笑。说收成好，孩子在城里买房就不愁了。娶媳妇就不愁了。将来孙子们就可以过得更好的。孩子就可以买车了……

我的耳朵被老人滔滔不绝的话临时征用，眼睛却在四周用叶与果印证老人的话。

无论秋有多深，时间有多晚，挂有果的枝头，必然就有叶子伴着。无论叶有多老，有多憔悴；黄得布满了老年斑一样的褐块，薄得青筋突兀般地显出叶脉，叶就是不落！风烛残年般地，呵护着那果子。也无论果子是饱满硕大，还是孱弱残裂，叶母亲一样陪着它。长辈般，一起经历风雨。竭尽所有挤出自己的青春与血液来营养它。

果不摘，叶不落。这不只是树的哲学，也是乡村的伦理。

（选自《星星·散文诗》，2015 年第 10 期）

张道发

张道发(1970—)，安徽合肥人。著有散文诗集《风吹哪页读哪页》《东岗村笔记》等。

我习惯天黑后在田野再待一会儿

身居乡下，我历经无数个这样的时刻：天黑后，在田野再待一会儿。

乡人们丢下一天的活计回到村庄，留下来的一大片空旷迅即被从天而降的夜色填满。我习惯坐在草埂上点一支烟，想一些明明灭灭的心事，谁也不会走过来惊扰我。累了，我就仰天躺在草埂上，嗅着浓浓的野草气息，像一株倒伏的庄稼轻松呼吸。

庄稼地不时有野物窜过，碰得秸秆簌簌作响，虫声从四野弥散开来，让夜色变得黏稠。一片片丘岗和庄稼蹲在暗处，一阵风过，仿佛一群沉默的乡亲簇拥在一起。每当这个时候，我都会发出一声不知缘由的轻叹。

远远村庄里的人声随风传来，熟稔得叫我感到陌生，嗡嗡的声音分辨不出是谁，包括与我朝夕相处的双亲。他们也许在灯下盼我归去，还有桌上的凉茶和毛巾。

我起身时抖落怀里的一两只夜虫，它们啾啾地融入夜色中。默然地往回走，心无傍依时，抬头望见丘陵深处升起的圆月清亮如露，失落的心情稍微充实了些。

秋　白

单是这一年中最清爽的月光就足以叫人迷恋了。

还有吹在人身上的风，风中金黄的落叶和树上叽来喳去的鸟雀。

你瞧，那架在树丫口的月亮，像不像一个明亮的鸟巢？

院子里槐树比昨天又消瘦了，站在树下的人因此多了一份幽思，却不知向谁倾诉。

田野里的庄禾刈去大半，剩下青黄不熟的一些，村妇的头巾样飘动。坡上的向日葵统统被砍去头颅，暮色中目睹这些无头的植物，瞬间的心痛袭上心头。

我常常折一张半枯的荷叶，沿着月明星稀的乡野漫步，一路迷醉在这秋的气息里，很晚才双手空空地回家。渐凉的屋子里有人说着外面的事情，晚蝉期期艾艾地叫着，月光中拖着梦呓般的尾音。

光阴的重量

走过一片深秋的芦苇地，便能感到光阴在身上被谁拨快了些。那一丝丝苍凉的白漫过鬓边，直逼头顶。一只鹭鸟突然间堕入苇丛，惊起时，又是一头的白，与天边铅灰的云朵融为一体。

穿过大片开花的芦苇，心便流动着伤逝的痛，它像极了我亡故了多年的外祖父的目光，温和而疲倦地问："伢子，我咋都不认得你了……？"外祖父去世时，我才十来岁，转眼二十多年，他怎能识得我日渐变老的模样？顶一头毛蓬蓬的芦花回家，路上遇见我的人都深感惊讶："啊！你怎么老成这样？"

我的泪含在眼里。风一吹就掉在地上，光阴一样找不回来了。

（选自《徽派美文》，2017 年 8 月 8 日）

陈计会

陈计会(1971—),广东阳江人。著有诗集、散文诗集四种。

我们的河流

河流悬在我们的命运里凝重而生动。

割开血脉。在伤口在阵痛和祭礼的钟声之中,河流的光芒熠熠横越我们家园的上方,照耀黄土里的白骨,照耀灶膛前的母亲,以及我们透明的肉体……

河流自古典的诗经中流来。泊一苇古风,我们爬上河滩。面对血液汪洋成千古的河流,我们痛哭失声。

倚水而居。我们开荒种麦,撒播爱情和种子。四月南风大麦黄,我们抬着花轿摇晃进新月照耀的村寨。

倚水而居。我们的双手舞蹈在庄稼葱茏的腹地。垒坟筑巢。制造烽火硝烟淹没自家兄弟。

倚水而居。我们和泥烧陶,烤出汲水女子走进红罂粟的传说。

倚水而居。我们用黄麻纺出民谣,贯穿烦琐的秩序和礼仪。

农闲时翻动阴历,扳指计算婚嫁、赴约的日期。

河流总在我们平朴而婆娑的日子深处闪闪烁烁。

我们的痛苦之外幸福之外生死之外一曲不朽的古歌剥蚀许多青铜和稼穑的故事……

河流悬在我们的命运里凝重而生动

我们在钟声弥漫的麦地注视河流穿过自己的肉体和骨头……

大水汤汤。河流的热浪覆盖住土地的呻吟。我们麦穗成熟的家园以及屋顶翔舞的太阳深埋进起伏的潮声。救救我们吧！水面浮升着绝望的手势。泪水流向远方。麦壳！麦壳！苍茫的水域我们想起一种诚挚的光芒。麦壳会载着我们发白的骨头超度哀乐的氛围吗?

(麦子在潮声中怀孕,又在潮声中死去。)

我们立在大水冲断的木桩上遥望逝去的麦穗……

在血泪里我们捞起一把腐烂的麦粒和骨骸,钟声在伤口的阵痛之中怆然响起。血脉汩汩……断裂之夜,悲咽的祭歌又在青铜巨鼎上刻下一道凝重的水纹。

河流在我们的白骨里闪烁悠远的光芒。

光芒之中,我们默诵古朴的钟声默诵自己写好的碑文和河流逐渐老去。

(选自《散文诗》,1997 年第 3 期)

鲁 橹

鲁橹(1971—),女,祖籍湖南,现居北京。出版诗集《白裙子》。

掉落的柿子

那份炫目,红色的光芒。
树的顶头,是你最高的海拔,极目处,乌鸦的翅膀挡住视线。
向下吧。向下,结实的泥土才是最大的依伴。

皮肤皲裂时,请保持沉默,春天已开始酝酿治愈的良方。
以飞翔的姿势滑落,稳稳接住你的是大地这口温床。
就此安睡,不要担心伤口。伤口是你认识这个世界的代价。

绿叶婆娑。与你一同苏醒的那些陌生的面孔,都曾有过惊心动魄的故事。
默默记录的笔,在岁月的虚无处,从不曾静静搁置。

鸟 巢

树木有着仁慈之心。枝杈间的建筑,精致而稳当。

与栖身的树木共御大风和寒潮，也共享月光和星辉。

促膝长谈。抵足而眠。

只要没有外力的破坏，它们就是天长地久的相守。

阳光把碎碎的光珠滴落。

那些小小的鸟儿慢慢站上了枝头。

飞花令

敲锣打鼓迎接土地菩萨，五个虔诚的人，腰间系了红绸子。

打头的人捧住土地爷，往他自家院落走。

院落已搭好戏台。

戏班子的小花旦着了浓妆，杏花点在鬓边，白白净净的张口拖一声长腔——

娘耶，快出来咯，菩萨进门了呢。戴油菜花的娘就颠颠地从后台跑出。

那衣襟似乎还是未扣的——

她正喂猪，她正驱赶着下水的鸭子。

台下已集聚全村的人，甚或还有赶路的外乡客。堂屋的正中间接了菩萨，摆了香案。

农人跪拜完，端了主人递来的茶水，坐到长木条凳子上去——

戏已演到刘海戏金蟾。泥土里的青蛙，也开始叫起来了。

那一刻，花事浓厚又集中，似乎过了二月二龙抬头，土地爷就有了新令。

布谷。布雨。布花。一串一串的桃花赶得早。

花哨的小花旦，撒娇在娘的怀里，她指了指勤快的刘海哥。

她就成了一只狐，魅惑了全场的男子。

这是乡村最雅的一句飞花令，像上天筹谋的一场农事

（选自《大沽河》，2017 年第 2 期）

王　剑

王剑(1971—　),河南漯河人。著有诗集《溅在思绪里的泥巴》,文学评论集《冷火焰》等。

一条河流,正在启程

当我喊出源头。一条河就已经启程。一泓,又一泓。蓄积着她的奔腾,她的汹涌,她的浩荡。

天空多么澄澈,大地多么洁净。无边的绿色,铺满旷野。吹过来吹过去的风,追寻着河流自由的走向。

与荒原交谈。与岩石、清风交谈。与船只、古栈、茅屋、山寺、天空交谈。与庄稼、阳光和土地,交谈。

穿过田野的河流,如同一根悲悯的脐带,系住了万亩良田。让一座城市无忧无虑地活着。

一条河终其一生,只有一件事,就是将自己,送到远方。没有什么,能够阻挡她的奔流!

一条河的内心,总是充满血液的热度。她的坚韧和善良,纠正着中华文明的发声。

贾湖，沙河走失的一粒水滴

八千年的贾湖，是沙河走失的一粒水滴。

总让人想起潋滟的湖水。想起摇曳的芦苇。一株芦苇，就是一阕婉约的小令。丹顶鹤，在湖边悠闲地散步。脚步想怎么慢就怎么慢。水鸟的翅膀，接连划伤几朵浪花。一千朵白莲开在湖心，开成一大片莲叶田田的诗句。被时光悄悄摘下，珍藏。

总让人想起地穴式草房。想起石斧，弓箭，鱼骨钩。女人们穿着兽皮裙，裸露着背，跳着原始的舞蹈。她们丰润的乳汁，正滴入婴儿的唇。

男人在丛林里，打猎。与随时降临的危险，对视。时间如同流水，发出苍凉的涛声。古老的太阳，照耀着大地上奔忙的头颅和四肢。

此时的田野，泥土的气息，一浪高过一浪。谷穗在大风中成长。无数金黄的光芒，喷薄而出。

我看见，谁的汗水洒进了田里。谁用结满老茧的双手，紧握这一生的植物。我听见，古老的陶罐里，酒的翅膀在飞。

金色的粟呵，这是你汩汩流淌的血液，在歌唱。你芬芳的歌声，划破水气迷蒙的夜空。在中华大地上，为贾湖，写下浪漫的乳名。

就着这歌声，贾湖，八千年的贾湖，你却在一天天消瘦。最终，瘦成一支七音骨笛，在历史里劲吹。

（选自《河南日报》《伊犁晚报·天马散文诗专页》）

香　奴

香奴(1971—　),女,本名韩春艳,内蒙古人,现居珠海。著有散文诗集《佛香》《伶仃岛上》等。

谷子(节选)

二

人们用“金黄”来形容北方的秋天。麦浪,饱满的干豆荚,金盏菊,白杨的落叶,田野和远山。

我计较金子的成色。

唯有谷子,表里如一。

煮熟了,仍然是金灿灿的。

三

在故乡,谷子比金子还重要。我这样说才对得起自己身体里的水土和脾胃。

物质匮乏的岁月里,谷子是营养品,村子里寿终正寝的老人,所食人间最后的烟火,是半碗小米粥;

嗷嗷待哺的新生儿因缺乏母乳而获得的补偿是小米糊糊；

月子里的女人吃第一餐，是小米水饭。

我想起炊烟二字，总是浮现母亲弯腰在灶台上，用葫芦瓢一点一点把小米晃进大铁锅，最后瓢里只剩沙粒而无一颗米，而锅里也绝无一粒沙。

母亲会许多我不曾学来的绝活，这只是其一。

比母亲还多本事的人，是外祖母。

小米被做成发糕，摊成煎饼。

在见不到白米白面的乡下，外祖母真像美食的魔法师。

外祖母常说一句话：要知道自己能吃几碗小米饭。

一知半懂，理解成做人要有自知之明。

外祖母的墓地在一大片谷子地中间，墓地里榆树繁茂，紫云英铺满坟茔。

外祖母那么细小，微不足道，像睡熟的一粒谷子。

四

很多种子被转基因了。

谷子还是谷子。

春种秋收。以不算高的亩产回报雨水和养分。

高粱涨红了脸努力，想出类拔萃；

豆荚被内心的欲望之火炸裂；

而最擅长追捧的向日葵在晚年累弯了腰，保持了屈卑的常态；

只有谷子那一千颗种子全部选择了缄默，她饱满得没有一句废话。

她跟着辛勤的人回家，颗粒归仓。

她与离散的至亲团聚，谷草在釜底，火焰轻歌曼舞。

谷子在水火之中捧出从容的笑脸，那小小的纯粹的金黄。

徐俊国

徐俊国(1971—)，山东平度人，现居上海。著有诗集《鹅塘村纪事》和诗绘本《你我之间隔着一朵花》等。

一粒蚂蚁的下午

一粒蚂蚁费了一下午时间才爬到电线杆的腰部，它看见一粒民工背着哥哥的尸体，跨过高速公路，摇摇晃晃向地平线走去。

极目远望，乌云像一块巨大的淤血噎在塔吊的喉部。

更远处，一粒眼瞎的妈妈，费了一下午时间才从粮囤中摸到儿子的长命锁。在此之前，她摸索着，把一朵塑料花嫁接在仙人球上。

天就要暗下来，视线越来越黑。

如果这粒蚂蚁一口气爬到电线杆的顶部，它还将看到什么……

(选自《滇池》，2010 年第 9 期)

落　日

庄稼遭受着秋风的杀伐，落日在做着节哀的事。它从患了面瘫的天空慢慢滑落，尽量减轻一头牛茫然四顾时的孤独和落魄。

大地一片金黄，但这不是一个丰收的季节，一年一秋，这是时光在视察万物的屠宰场。

我是一个被秋风打击过的人，只剩下“悲”的上半部分，“伤”的左半部分。

目睹落日砸弯了地平线和地平线上的小村庄，我回不到一个农民麻木的快乐中去了。

除　夕

近处的山林，暗如牢狱，远处的村庄，灯火通明。

今夜，小羊吃得特别饱。睡姿安静。它用一年中最后的钟声把自己洗得干干净净。

除夕，所有的事情都应该发生得美好一些。三分钟之前，小羊下定决心，允许那只奄奄一息的母狼以它为餐。

小羊跪在大片干枯的野花中央，暗自发誓——今夜如此美好，不逃跑，也不挣扎……

（选自《星星·散文诗》，2013 年第 5 期）

王小玲

王小玲(1972—　),女,山东胶州人。出版散文诗集《守望爱情》。

山间素秋(节选)

一

那个秋,父亲回到这个我小时候采过菊、他小时候放过牛的山间。

那一日秋阳如血,野菊如诉,而我已无泪。

此后每个秋,我都要进山,一人独对。

松涛、菊香、虫鸣、蝶舞,都是父亲与我的交流。我相信父亲在山间不会孤单。

以松为邻、以菊为友,逸笔水墨、拈花扫云,再没有病痛,再没有纷杂,

做一个真正寄情山水的隐者。

那个秋,我一夜之间成人,仿佛成熟于寂灭之后的再生。

四

山间的半亩薄田一间柴屋养育了父亲，攀山涉水，长成一个俊朗少年。

才华泼在宣纸上，弹在丝竹间，松针和菊花将少年的笔墨晕染得清秀香浓，

父亲成年后走出山间又回到山间，山间的孩子由此走向各地；

父亲说他教过的学生都像山间的松或者菊，刚劲峭拔或者皎然清冽。

我小时候似懂非懂，长大后读懂了父亲，父亲也懂我。却眼看着父亲的身体衰弱下去而无能为力，但他一直目光如炬。

直到父亲归入山间薄田，目光依然照耀我温暖我。

六

菊香缭绕，我一心静面一世，往日的尘缘都记不起来了，只有此时，此山，此菊。恍惚间，父亲来过，将一枝嫩黄的菊花簪进我的发辫。我心里沉甸甸地喊着父亲。

有风吹过，菊摇曳出一片私语。

是你吗，父亲？有话对我说吗？这个秋季，我感到好累啊，父亲。

四周一片黄金般的寂静。

时光滑失，流水凝止，鸟儿也收住了翅膀，世界只剩下一种声音，那就是我和父亲心灵默然的絮语。

菊看着我，我亦看着菊，千盏万盏菊照耀我。

世界没有零乱纷繁伤痛迷失和惊悸，只有纯净从容愉悦典雅和清朗。

我感到生命的庄严与华美。

挽起一万株菊的手，在父亲的目光里安然走过。

此时此地此花此山间素秋，我心生无限慈祥。

（选自《青岛文学》，2017 年第 6 期）

凌　寒

凌寒(1972—　),女,本名姜玉香,山东烟台人。作品见于《时代文学》《草原》《青海湖》等。

冬　雨

雨,何时落下? 飘洒,断续。

湿漉漉的屋顶、地面。屋内,更深更浓的冷意。

全身冰凉。棉拖鞋、羊绒衫、羽绒服,都一一从沉睡的角落被唤醒。红泥小火炉。寒冷的日子,渴望红色、温暖和热度。夏天的炎热、激情,梦一样恍惚、不真实。

累,揉揉疲惫的双眼,离开电脑。窗外树木叶子稀疏,时光如滑板上的少年,迅疾而过,不经意间,又错过了看红叶的最佳时机。想去看红叶,一年年,却总是错过。有些梦想,看似简单却又艰难。

这雨,如六月一样细密缠绵,但已是冬天。阴冷的冬日。

天冷了人们都穿上厚厚的衣裳,有谁注意到花何时不再芬芳?

(选自《青岛文学》,2016 年第 2 期)

谢家雄

谢家雄（1973— ），云南玉溪人。著有散文诗集《湛蓝时空·谢家雄散文诗》，诗集《现世》等。

水稻精神

不在固守中困死。不在拔苗里夭折。

风之蝶歇满思想的花瓣，拯救了一个物种。

自蛮荒中走来，水稻进入人类的生命，与人类同呼吸共命运，谁的一次小酌，亮了时光的隧道。

在竹简木牍，在缣帛纸张的典籍上，意识之树的花开了，果结了。耕耘的鼓点咚咚，劳动的汗水簌簌，淅淅沥沥下了一个黄河流域，甚至更远，甚至更广。

饮着灯光，又是谁醉在一地桑麻里。比水还浓的血，让生命成长为一条特殊的河：传承，源远流长；变异，一脉相通。

笑容，洁白的笑容，经典般神采奕奕，在岁月中化为涟漪朵朵，荡漾于泥烧的土碗，一眸金黄。

终于，一种水稻精神抑或情结，从十面埋伏中突围出来，和着心中的图腾，民族的图腾，高舞在生命之上，折服一河的光阴。

啊！竖起来，把长江黄河竖起来，就是整璧江山，于新中国的第一声礼炮，完璧归还人民。

风吹过，窗下的风铃一阵欢唱，似燕喃，如鹊啼，年轻着一个久远的神话。

梦，从此归根为一畦稻花香，青绿在神州大地的风韵里，直至永远。

金黄的奇葩

一田的油菜花，被冬风径直推向春天。

金黄的世界，一片蜂飞蝶舞，十字花瓣里传来隐隐的樵歌，脆脆的春雷已到了家门口。

我害怕一脚下去，踩乱了唐诗的韵、宋词的律，这些金黄的芬芳，垒起文字的象牙塔，让天下的眼睛虔诚如我。

看哪，诗情澎湃着花海，金黄醉染着阳光，谁的一支笔在写意在纪实，金黄之中，一旗帜迎风猎猎，它指引春风走向天涯海角。真诚赤裸，跌宕起伏了我一生的书卷。

在唐诗里流连，在宋词中沐浴，心中的散文诗花开四季，金黄色，一树奇葩，散着狐仙的灵异，散着仙草的神奇，要不，为何一个散句，刚从我的心头一过，我枯萎的生命又马上披上绿装，搁浅的灵魂又从此蓄满浓浓的笑声。

散文诗哟！金黄中的金黄，芬芳中的芬芳，望着来路，心明如水，它在长，就快要长过春天；它在梦，已梦过忘川和逝水。拾级而上，高高的油菜田，是它心向的圣地，图腾的居所。

奉上生命的赞歌，社稷坛上走着五色的唐风和宋雨，谁轻轻一声吟，刹时下起一场金黄的情愫，满天黄金甲，一个个战士列阵蔚蓝下，把白云操练。

永远地醉在了散文诗里，让一个个灵异和神奇，彻底照亮人生的角角落落。

老　屋

铁将军把门，一把岁月的锁，挡住了秋霜和冬雪。游人止步，闲客勿入，我等的是归人和故土：故乡的云，故乡的风。

若你用玲珑的足音，叩我寂寞的心扉；若你用晶莹的露珠，叩我孤独的眼帘；我将醒来，张开迎接天光莅临的翅膀。

我的生命微小，可我的内心庞大：无垠的梦，汪洋一片；无界的望，森林密布。

以北斗七星为勺，我搅动杯中的咖啡和夜色。红花衬着绿叶的日子，一一翻过，书中有逝去的泪光和笑脸。一盘心事，杂乱无章，盘根错节，一时竟无法理清。

站在红漆大门的后面，我在矛与盾中成就着自己的人生和爱情。也许秦砖上还留有我的某一滴汗；也许汉瓦里尚藏着我经年的歌声：苍茫，沧桑。

我在土地的黄里泅渡，我在土地的黑里泅渡：黄皮肤上的河流缘深似海，黑眼睛里的泉井源远流长。院落外的鸟雀啁啾，顺着门楣流了进来，湿我衣裳，花我眼睛。什么时候，天空浊泪涟涟。

（选自《星河》，2011年创刊号）

赵大海

赵大海(1973—),本名赵均宁,山东日照人。现居青岛。出版《赵大海的诗歌》《快乐是种角度》等6部。

母亲身体里的甜蜜越来越少

是的,母亲已老,她的动作已然迟钝,像一个老蜜蜂。

当年不识文字,油灯下,却将毛主席语录和诗书礼义背得滚瓜烂熟。在娘胎里就能听见她哼那些老歌谣。

但她不喜言语,过多时候都是个背影,田垄上、草木间起伏。

风沙广大、土地稀少,数着碗里的米粒,她的语言更少,一次次躬身,村里村外地往返。

采食谷子、野菜、风雨和阳光,将那个年代的贫寒和炊烟酿得有滋有味。破布头密密麻麻缝补的襁褓里,是我安静而不识风雨的双眼。伏在她背上,感觉到轻盈。

吮吸她身上的甜、呼吸的甜、乳汁的甜,她的身体里似乎暗藏着一座甜蜜的小工厂。

几度风雨,我、姐姐、小弟,一个个走出村庄,求学、远嫁、打工。老爸也将自己埋进东南岭。看着我们一个个都飞远了,她的话更少。守住一个小小的家园和一抔黄土。

她的身体日趋老化,风一吹,有锈纷纷脱落。

这么多年，她还是习惯性地哼着小曲，于我们身后，庄稼的头顶上，动作逐渐迟缓下来。

母亲是乡间最倔强的一个词

当年，母亲的腰、肩膀、胳膊的硬度，赛过村里的大老爷们，一起挑粪、收割，从来都赶在前头。和父亲并肩，努力挣工分，挣来年底的那一盆面粉和一锅饺子。

砸锅卖铁、挨家挨户推销鞋袜，供我们读书，娘继续咬牙、微笑，攥紧拳头。转身把我们兄弟姐妹一个个从垄沟里向上奋力擎举。向着城市、文字、书本和另一种命运。

在乡间移动着，越来越缓慢。母亲啊！面对皇天后土，您始终是最倔强的一个动词，身体里裹藏着钢铁。

就这样一路穿透风霜雨雪，扛起稻麦的秸秆、扛起一袋袋花生、化肥、扛起父亲的病痛，为弟弟扛起了五间砖瓦房，为我们扛着乡下的几亩土地，为赵氏家族扛起袅袅烟火……

这个世界从母亲身上再也掏不出什么了

姐姐、我和小弟相继从她的身体里被掏出来，娘一下子就小了！

那片乡野，倾斜的风雨、每一株稻麦、流水和炊烟甚至每一缕阳光，都是刽子手，从她的身上，继续向外掏——

她宽大的衣衫里，除了空气就是病痛。

她极速回过身，揪住呕吐上来的胆汁，继续转身在我们的背后拼命将自己折叠成一件青衣，塞进掉漆的箱柜里，谛听身下的流水和袅袅香火。

这个世界从她身上再也掏不出什么了！

（选自《散文诗》，2011 年第 11 期）

冉茂福

冉茂福(1973—)，土家族，贵州沿河人。著有散文诗集《守望乡村》《九盏灯》(与人合著)《雪落村庄》等。

沉寂：乡村里的呼吸

在苍茫的巨石上，在水乳交融的背景里，苍鹰伫立，游离的目光啊，越过千年的栅栏，如举棋不定的手，推不开沉寂的门。

或风、或雨、或淡淡月色下青铜的笑容，铁锄的寒光折射历史的底蕴，如陶瓷的碎片抑或古老的服饰，在土壤的根部一脉相承，让原始的思想永葆永恒。

乡村淡定，如老庄的哲理，空灵而飘拂、顺畅而自然。

乡村玄奥，如八卦的迷离，广博而深邃、浩渺而悠远。

在充满感恩和铁质光芒的路上，我们收获的不仅仅是诗歌、土地以及稻穗，还有对乡村深层的理解和依恋。

当袅袅的炊烟散去，野性的鸣虫登上舞台，村庄在夜色中安眠，那些花香般的幸福、那些根植的梦想，随时空而破碎。

沉寂的乡村，蔓延无边山色。

村东头那片一树的叶子，如乡村流浪的歌手，苍凉尽显忧郁。

黄昏:奔跑的马或鞭子

淡淡的,如一片云穿越时空的手掌,那些没落的思想或意象,构成了记忆的村落。

时间之伤,在夕阳的边缘,绽放。

鸿蒙、沉稳的黄昏,一条黝黑的辫子,穿过街口。

几只木桶排列,几双花衣的手揉搓着生活。

黄昏来临,庄稼地里几颗星辰出没。羸弱的玉米棒子,无精打采。开裂的土地,传来一丝忧郁的情歌。

石墙、暗影。

野花、落红。

粗糙的容颜,在时间之外没落。

哦,黄昏,命运的影子,如一匹奔跑的马,走向了黑夜。

准备下种的村民

立春过后,天就蓝了,如铺在水面的绢。翅膀掠过的山头,一些希望蠢蠢欲动。

磷火在闪动,在呐喊,一春的温暖随荒沟蔓延,野百合、常春藤张扬它们的美丽与妖娆。阳光下,泪水与汗水组合的傩舞,构成了乡村生存的图腾。

犁铧翻转，匍匐的农人在广袤的原野，倾听土地深处的歌声，或坚如磐石，或如镜中水月。易的变迁，改变了生活的逻辑。

从东到西、从坡顶到坡尾、从荒沟到绝壁，生命的卦象如淬决的火逶迤而来逶迤而去。如沙石的忧郁尽显博大与恒久、空蒙与广阔、艰深与苍凉。

吆喝。鞭影。朝露。黄昏。

短笛。残垣。炊烟。牧童。

一棵幸福的草，成了我存在的理由。

（选自《雪落村庄》，中国戏剧出版社，2017 年）

乔书彦

乔书彦(1974—),河南唐河人,现居武汉。写作以诗歌和散文诗为主。

我愿沾染桃花抵达家乡的根部

踏足家乡的沃土,烧掉内心的寂寞。

绿色的起伏一如既往:庄稼连绵跌宕,我感受全新的律动。风突然而至,繁花轻摇,花瓣打湿眼睛。疏忽的美丽如闪电。小鸟,整理好羽毛和心情,向前一冲,于狂野的空气中,扇动内心的火焰。开花或没开花的植物,散落在春天,如同一篇无韵散文,在心灵深处铺陈。绕过旧居,我像流水一样,悄无声息融入人群。

湖水静止,从这里望过去,湖畔的小村如沉静的女孩,在绿色的葱郁中连接成动人的风景。我从来都不曾放弃对家乡的阅读,关于家乡的内容,始终呈现在我的脑海。百转千回,我愿意沾染桃花,穿过细密的树叶,抵达根部,成为萌动的幼芽。天很快暗下来,我看见繁星点点闪烁。旋转的星辰,向在家乡忙碌的人致敬!

再没有比今日的阳光和春风让我感动,家乡的味道被一枝花精彩地演绎,最强烈的情感冲击着我迟归的内心。

回乡，也不能改变岁月的轨迹

桃花不管不顾地盛开，我没有沉入连篇累牍，而是选择最精彩的一节，来沐浴旅途的疲惫。家乡的一幅笑容，轻轻唤醒沉睡的幸福。

掀开春天的面纱，在时间的舌尖上回味往昔的鸟群吹奏的快乐的呼哨。几只麻雀沉迷于美妙的幻境，最好别惊动它们，就让它们被氤氲的烟云笼罩，让那些绿草成为它们的背景。微风如心事，进入我的衬衫，如投入信筒的文字，等待被人接收。脚步像随意甩出的泥巴，贴在地头，归乡的喜悦医治游子的心头的疼。

我拔了一棵油菜，掐头去尾，留下鲜嫩的茎，汁液在口腔里回荡。村庄，是滴落在宣纸上的墨，在岁月深处漫漶。我站立高岗，鸟雀已倦于表白，它们飞远，剩下野草，逡巡在梦境的边缘。春雨润泽万物，也润泽心灵。

返回老屋，旧年的窗纸飘忽如幻影。

（选自《青岛文学》，2016 年第 1 期）

堆　雪

堆雪(1974—　),原名王国民,甘肃榆中人,现居新疆乌鲁木齐。著有诗集《灵魂北上》,散文诗集《风向北吹》《梦中跑过一匹马》等。

一口古井里的月光

多少年了,娘还在那口古井里打水。

把长年累月积攒下来的月光,一桶一桶地提上来。

娘用月光洗脸,做饭。梳头,照镜子。

有时还会趴在井口,偷偷地,掉眼泪。

没有人知道,一口古井的秘密。

就像天空,万里无云时,也能照出人影。

很多东西是架子车拉走的

我看到的东西越来越少了。

在故乡,很多东西是架子车拉走的。

那时候,它往田野里拉牛粪。它往打谷场转运麦子和胡麻。它把碾好的粮食,一袋一袋地拉进深秋。

它空着的时候，也拉过我喜出望外的童年。

它还拉过故乡，一个个红尘如火的黄昏。

在故乡，很多东西是架子车拉走的。

和我过家家的九妹，也是被一辆架子车拉走的。

现在，架子车什么都不拉了。它静静地，歇在黄土塌陷的窑洞里。

它身上的光斑和灰土，谁都不去碰触。

村庄与村庄之间的蛛网

更多时候，寂静，是一个村庄与另一个村庄之间的联系，或者距离。

在北方，在村庄与村庄的空地，寂静把尘埃和人们的眼神，结成一张形而上的蛛网。寂静，是村庄与村庄之间发出的唯一声响。

年轻人走了，他们身后扬起又落下的阳光和灰尘，是这个村庄最近的记忆。风吹在脸上，和吹拂一片作物没什么两样。风雨只会使一个村子的穿着更旧、时日更长。偶尔，道路上闪过一个黑影，转眼间，又不知消失在何处。仿佛一个动词，动着动着，突然失踪。

麦子和玉米高过人头，什么时候已被北风割倒。我们很难看到，那些手握泥土和镰刀的人，在大地上直起腰身，怅望远方的剪影。似乎在黎明之前，他们就已神秘地消失。消失在，一个赶路人落满寂静的心上。

北方，一切，还是那么陈旧，星星点点。那些村落，仿佛是上帝摆在人间的棋局，动或不动，都是生存。

在北方的村庄，我看到的乡亲比梦见的还少，我遭遇的寂静，比蛛网还稠。好像这个世界，压根就不需要多少人似的。在村庄与村庄之间，在一个梦与另一个梦之间，我听不到劳作时发出的急促的心跳和呼吸。只有蛛网一般的阡陌，勾起我南来北往的孤独。

稍不留神，那张网就会把你的心情，定格在往昔。

（选自《散文诗》《散文诗世界》《伊犁晚报》）

老　秋

老秋（1974—　），本名李钢，安徽马鞍山人。著有诗集《老秋的诗》等。

沉睡的房子

一共是四间房子，三间朝南、一间朝北；一条浅浅的小河从门前绕过。

不用说得过多，就知道这是我童年的老屋，一直以来，总在岁月中，若隐若现。

有时候，我看见它，似乎墙角有了一丝裂缝。它只是笑着点点头，让一株牵牛花搂住根基。

对于四处流离的子女，房子还在苦苦支撑。它就像一朵悬浮的云，在我的眼窝，走来走去。

只有到了夜晚，它才收拾一天的灰尘，让我回到最初的角落，如一柄生锈的锄头，在暗处一点点闪现微光。

低语的乡村

起初我不赞同知了是乡村多情的歌手。

后来去过许多地方，无论走到哪里，我的耳郭旁边，仿佛总有一只知了，在不停地叫着。它用一根看不见的刺，扎进我的血管。但我没有惊惧、恐慌，反而听到了它喃喃低语，随同树叶一起抖动。

它是那样有力，大风也无法撼动。即使我直接面对，它还是如此安静，像一尊可爱的小兽。

先是一只知了，过一会儿，就是一群知了，散落在乡村的四面八方。

它们年复一年，唤醒阳光、雨露，还有满腹的爱情正在欢唱。

废墟里的阳光

我敢肯定，站在一堆废墟里观察阳光，这是多么悲伤的事情。

事实上，很多年以前，这些破碎的阳光，就在我的脑海挥之不去。我被惊呆了，却又无力拾取它们的骨肉。

一朵阳光与另一朵阳光之间，有着某种神秘的联系。它们欢快地跳舞，像水妖的长发，无穷无尽，聚拢而又分散。

当然，我拒绝清醒的记忆，情愿它们就这样，在一场大雾中慢慢散去。我如同一根三叶草，细小、甜蜜并深深地孤独着。这片倒塌的废墟，正是我养育思念的牧场。

那一天我独自流连，又轻又薄的阳光灌满内心。我只有与它们靠得更近，才能看清远方，像美好的生命一样，脆弱而安详。

（选自《奔流》，2016 年第 5 期）

泥　文

泥文(1974—　),重庆开州人,本名倪文财。著有诗集《泥人歌》《我多想停下来》等。

欠你的,今生无法还得

你还好吗? 欠你的,我今生无法还得。此时,在你的容颜前停留,我知道关注得太少。你拥有的山水,我可以用远离深爱,亦可以用近距离厌恶。

我明白,你在用偏居一隅标示你静心的立场,在用最暖心的话说出我离你而去的痕迹。

你可能不会太在意。请求原谅的话我不说出口,它苍白无力,你我都懂。

渐行渐远的时候,谁都不想让狼的哭嚎说出自己的心事。山径的暮色,在一个土碗里,斑驳容颜说话。相信一些巫师画出的桃符,因缘前世注定。

如是说,走一步有一步的好处,也有走一步有一步的难题。是向阳光刺破的地方膜拜,是向将我播种的泥土眷恋。

真的,不管怎样,我就是你要解决的难题,或者你是我要解决的难题。用尽我的一生,用尽你的一生。

我埋怨了很多话。你的耳朵在我的埋怨声里,形同一个摆设，只有我有这个特权。

没有一座桥愿意承载，我对你的矛盾，所以我选择了矛盾，选择了过了就过了。

就如花朵的名字，它就是为了过了而生。你是知道的，我已在你的日历上过了那么多年，有一些思想成不了路，我们彼此牵扯着数了一些星星，梦了一些白雪的世界。

垒砌的房子，其实装不下欠你的。那些圆满的话，没有结局就已经结局。

已经在结局里圈出一个点到另一个点的长度，那是你我再也无法缩短的尺寸。我没在你的脚印里继续打开窗子说亮话，时间从中作梗，或者说是我们各自迈动的脚从中作梗。

你的锄头我是不能再熟悉了，你的方言我已抛弃十之八九，你给的鞋子我在模棱两可地使用，总是看身边的风怎么吹。

如果，风里面有沙粒或者尘土，我会守自己的本分。在本分里将本该属于我的表达得淋漓尽致，将放下多年的斗笠和蓑衣穿戴整齐。

如果，风里全都是漂泊的繁华，我会用好几种方言对付。比如，可以说有别于开州的，有别于重庆的。可以与湘豫鄂等身，可以与闽粤沪同气连枝。

这些都是根源，是与你越来越远的根源。你在这根源里，看我晕乎乎地将一些梦慢慢描摹、画成奇形怪状的圈，而后又被自己迈动的脚步打碎，瘫软在那里，无从捡拾。就如你我的关系，总是在竭力捞住一个根，却又捞不回原来的样子。

捞不回我厚着脸皮在你发怒的容颜面前撒娇，将你叫得亲入骨髓。其实，你我仍亲入骨髓。再远的漂泊与距离，无法抹掉我是从你的骨头里抽出的那部分。只是我经年的离别让我们走入了生分，面对时竟然无语。

你仍在布弄旧时的场景。一锅一碗一瓢一斗笠，赶着牛的四蹄，在泥土的哼哼声里，说一些你知道我的或不知道我的话题，在那座已斑驳得比苍老还苍老的砖瓦房的四角，分辨东南西北，看哪个方向是我出走的方向，哪个方向可能是我会回心转意的方向。

山　径

我想说的山径是我家乡的路。其实我很想将它说成小径，那样它会温婉和恬静些。但这个定义对于家乡来说不够准确，也不够尊敬。那些山和水，那些山顶、山腰、谷底的村庄和房舍不会原谅我，那些鸡鸭牛羊不会原谅我。

它是属于我的家乡的，属于我的父老乡亲的，在我没有离开家乡之前也是属于我的。它有看不到头的起伏，从一条沟到一个坡，从一个山谷到一个山顶。沟与沟相连，坡与坡相连，山峰与山峰相连，它充当着一条韧性十足的脐带。任风雨无情地洗刷，任雷电肆意地劈斩，不管岁月如何流逝，它不磨灭自己，也不张扬自己的苦处。就那样静静地，借山、坡、沟之势弯曲，起伏和延伸。

它的组成部分，与其他地方的山径没有多大区别。大都是沙、石头、黄土糅合而成。有的可以拾级而上，有的可以平坦着走过，有的可以依附在悬崖边提心吊胆地说话，有的可以任着性子从山谷拖着身子直涌到海拔 1000 多米的山顶。

它是用担子的方式将一个村庄与另一个村庄串接起来的。一头挂着“沙坝子”，另一头挂着“桐麻园”；一头挂着“桐麻园”，另一头挂着“梨儿坪”……更有甚者，它会以一个村庄为支点，横向或纵向去担起另外两个村庄，像一个顶天立地的汉子。

山径有扁担，承载着父老乡亲的生活，承载着他们的日出而作，日落而息。任他们光着的脚丫在它的身体上飞奔或者咚咚有力地踩踏。或背或担着的日子，总是没怎么在意，山径的茧子就又多了一层。

山径也是有花轿的，只是我没看见过。但山径是明白的，它拥有过，也喂养过一些被岁月带走的好事。山径的吹吹打打我看见过，哪家唢呐吹得欢实，哪家唢呐吹得有气无力。红白喜事都是它细密的经络，增加它的沧桑与厚重。

它呈现的肤色与我的父老乡亲的肤色相同。春天有春天的颜色，一身翠绿翠绿的，就像父老乡亲在禾苗地里打过滚一样。夏天有夏天的颜色，被太阳一晒，流着绿油油的汗。秋天有秋天的颜色，那是春与夏的日子的积累，皮肤在黝黑里发光，秋风一吹，都是一股成熟的味道。冬天的颜色完全学会了服从，光秃着脑袋紧裹着身子，将冬展现得淋漓尽致。

能与山径亲近，是 件快乐的事。 代又 代人，看山径活蹦乱跳、青春朝气而后成熟稳重到老成持重，站在夕阳下反刍时光。

其实，山径的陡峭我是不说的，它给了我与父老乡亲在习惯中习得的韧性。它的窄小与凹凸我也是不说的，它给了我与父老乡亲的现实与存在感，让我们感受它的幸福与淡定。

（选自《青岛文学》，2016 年第 6 期）

黎　阳

黎阳(1974—　),原名王利平,黑龙江讷河人,现居四川。著有作品《成都语汇——步行者的速写》《情人节后的九十九朵玫瑰》等。

思念河流(节选)

一

远离河流,让我们的面容开始憔悴、让我们的文章开始滞钝、让我们的心情开始郁闷。河流已经成为我们的根。所以我们经常像落叶一样思念河流,因为河流的源泉是我们生命延续的脉络之本。

远离河流,无水的生活过于单调、干瘪,甚至苦闷。有水的生活才能够充满亮色,才能够显露出我们的幸福和滋润。

思念河流,常常是想念母亲的时候。思念也是感恩,感谢河流带给我们光辉的岁月,使我们有了追日的渴望。

渴望也使我们成为孤独的牧人,放牧自我,放牧河流。

三

思念河流,因为河流有同样的情感,一波三折,然后无悔地向前。河流在我们的血脉里，流动着依依不舍的情愫，那些魂牵梦萦的身影，就是这样的无情，也是这样的多情。如水的生命历程给了我们无限的冲动。让我们更加彻底地感受了生命的渺小和脆弱。河流曾在我们的眼中渐渐远去，却在我们的心中慢慢地崛起。

四

思念河流，是我们内心有一条潺潺的河流。河水养育着丰富的思想，灵感像各种各样的鱼，常常跳出水面，令自身激动，令世人喜悦。走遍天涯海角的游子，放不下一缕淡淡的情思，放不下一条弯弯的河流。朝思暮想的情怀永远不能更改。已经远去的是河流，更加亲近的还是河流。我们因河流而生，我们因河流而栖。哪怕她曾经无数次咆哮，曾经无数次干枯，河流依然是我们心底的依靠。

五

思念河流，牵挂一半，祝福一半。

河流被我们拍摄成没有胶卷的影片，在记忆的屏幕上无限地播放我们心中的钟情；河流被我们撰写成流传千古的美文，被我们和后世反复地吟咏；河流被我们临摹成多彩的风景画任凭路人观赏；河流被我们谱写成震天动地的交响乐供风雨唱和。

河流面对向上的堤岸，是否拥有了太多无法回头的浪子，泪如泉涌滚滚而去。

（选自《雪花》）

黄金明

黄金明(1974—),广东化州人。著有诗集《大路朝天》,长篇散文《少年史》等。

一九八六
——自述之一

一九八六年,我十二岁。挑着绿肥的少年,加深了乡村的泥泞。所谓命运莫测,就是歧路亡羊:所有的小路,都密布着同样的青草和牲口的印痕。

我刚学会背诵的唐诗,仿佛樟树上张开的透明蝉翼。一道难解的数学题,像青蛇窜过了我的脚底。我在流水上写下的叹息,并不是真正的孤寂。我过早便理解了草木和虫豸的卑微,但还是请求轻佻的山稔花开遍了春天的山岗。

音乐教师把吹过林梢的风声灌入了磁带,小学教材上的彩色插图,抄袭着蓝天和白云,姐姐的蓝头巾沾上了草汁和花香。这一切多么美!

寂寞的林中小径,落满了鸟粪。昔年的石榴树,托出了胸脯上的花蕾——这也是姐姐珍藏多年的花蕾,压弯了线条优美的瓶身——天空上飘过的白云,在少女的前胸形成了尖锐的圆。原野被田埂隔开,分享着牧歌的蔚蓝和辽远(农具变成了泥土的一部分,农人变成了泥土的一部分……),那灶头上熏黑的咸鱼,曾是大海的牙齿，咬紧了清水洗尘的农事诗。

依稀是夏天，大雨降临。大地像一张旧床单来不及收回，菜园里的白菜，像床单上的花纹被冲淡。“仿佛是雨水带来了孩子们的节日。”透过黝黑的窗格子望去，我看不清远山上的橡树、羊群和低矮的农场，但看清了电线杆上的燕子，看清了父亲被犁尖擦亮的额头。

依稀是秋天，油灯成了陈迹。秋风混杂着稻麦的清香，吹入了昏黄的灯泡。秋收后的田野，仿佛是一幅狼藉的油画，暴露了丑陋的田鼠。在稻田上，打着谷垛的母亲们，教育我学会了宁静和热爱——这些“幸福”的代名词。

还有更美的风景，譬如清冽的溪流，像一弯镰刀割伤了脆若芦苇的小鱼。

我就要小学毕业了，注视着泥墙上的奖状，我得到了最初的虚荣，又为命运的不可知而深感恐惧。我想不起老祖母的模样，她去世十年了。

在南方以南，冬天没有什么好说的，桉树填补着洼地上的凹处，四季常青。天空是空的，连云朵也难以聚拢。梦幻还未吹散，梦幻的天空，像一块蓝玻璃倒插在乡村的池塘。

依稀是春天，麻雀在叽叽喳喳地说：“让老房子刮掉墙脚和屋顶上的苔藓，让旧家具擦掉膝盖和心脏里的锈迹……”只有墙上的木壳挂钟，忘却了尘世的沉重，仍在推动辛酸的摆锤……

这一切，依稀发生在细雨淅沥的春天。桃花盛开，燕子飞翔，父亲拉着双轮木车迈上了泥泞的斜坡。姐在十八岁出嫁，我在十二岁远走他乡。

（选自《天马散文诗专页》，2009 年第 11 期）

陈　亮

陈亮(1975—　),山东胶州人。著有诗集《乡间书》《陈亮诗选》(2008—2017)等。

北平原,早晨

树上的公鸡最早醒来了,它昂着火焰的冠子,刀刃的嗓子割开了什么。接下来的还有兴奋过头的狗牙,乱拱的猪嘴,反刍的牛头,膻的羊群。

昏暗的镜子漾起来,睡莲在悄悄梳妆,歪戴蜻蜓或蝴蝶的发卡,收拢着光纤。

进城打工的人醒来了,有二十多个脑袋,挤在一辆嗓门巨大的三轮车里,胡乱说着粗野的段子,让路边的花草充电般闪烁起来。

雾气慢慢散开,醒来的还有包着头巾、挎着筐子割草的母亲,发梢滴落露珠和汗珠,她这是刚从玉米地里钻出来,捡到几个野生鸟蛋和瓜。她要做饭了,烟气顿时笼罩了小院,隐现出一些熟悉和不熟悉的面影。

这时,霞光几乎同时打开了所有院门,所有屋子、庄稼、丘陵金灿灿起来,像刚出炉的蛋糕一样喷吐出香气。

土炕上那个干瘦的男人一夜未睡,他的腿已经很多年都不能动了。这几天，他一直都在虔诚刻凿一尊观音。终于完成了，吹一口气，木屑散去，这时候恰好一束金光强烈地射了进来，观音造像也衣袂飘飘金光闪闪起来，

他的病腿突然动了动，感觉有了神灵……

天很快就要黑了

天很快就要黑了，锄地的人擦净了锄头，用沟边的野草止住了脚趾上的血，打鱼的人系好渔网，弯腰拿鱼的瞬间，腰竟然怎么捶打也直不起来了。

浇灌的人，把咆哮了一天的机器停下，赤着脚把塑料管一节节卷好，他的衣服全部被泥水汗水湿透了，他中午没有吃饭，身子有些软，脚步在打飘。

还有，满脸黑花的孩子在草丛里点数着捕了一天的蚂蚱，他家里养了一只好看的黄鸟。

天，很快就要黑了，麻雀们炸开了树林，村西坟地里发现了可疑的影子，赶车的人给马匹卸下鞍具，顺好了毛发，续上了上好的草料，打铁的人却在赶制月亮的弯镰，炉火熊熊，锤声叮当，火星四溅。

天，很快就要黑了，葫芦花吸引了一只风流冒失的蛾子，庄稼和草在亲热。

天，很快就要黑了，东屋的瞎子拉响了陈旧的二胡，西屋的少年开始对着一张照片痴心妄想，累熊了的牛五和老婆犯了口角，咬牙切齿，火冒三丈，摔了盘子又摔碗。

天，很快就要黑了，风声渐紧，生灵疲倦，谁在天上心怀鬼胎，目露凶光……

空

父亲走了。上完五七坟，我和母亲就开始清理他的遗物，几双袜子的脚后跟处都打了补丁，几件衣服都洗得发白了，几双胶鞋还沾着泥——都被我们按照风俗拿到坟前去烧了。

那辆被他开了十几年的拖拉机也让二舅帮着卖给了邻村的李三，小院就一下子空了很多。

常过来歇脚的黄嘴角小鸟，在半空习惯性地眯上了眼睛，却一脚踩空，急急扇动几下翅膀，惊慌失措中折身飞走了。阳光依旧习惯地想把它的玻璃放在上面，却啪的一声——摔碎在了地上，闪着刺眼的光。

很久了，母亲蹲在门口，愣愣地望着这块空场，自己言语道：一下子没了这个铁家伙，还真闪人——她的声音发抖，抖落几片梨树的叶子，说完就背过身去，用手捂住眼睛。儿子问她怎么了，她说是秋天乱飞的沙尘，然后低着头跑回自己的屋子。屋里也是空的，有一个人在墙上用温暖的眼神望着她。

这时候，外面突然起了风——这些被遗弃的孤儿，拍着门窗撕着墙头的狗尾草，发出呜呜的声音。

（选自《乡间书》）

南小燕

南小燕(1975—　),女,陕西兴平人。著有散文诗集《一滴水的修行》。

茶乡,大地上的诗行

我来的时候,阳光浩大,满目的绿色,正轻伏在山的肩头。

翻卷的云朵,把茶山熬成了一剂补药,洗了洗我的真心,又洗了洗我走过太多尘埃的鞋子。

嘴巴几乎失语,我倾心于这饱满的绿色,倾心于穿行在大地最专注的诗行间。

我看见每一株茶树的枝叶上,都刻着温暖而入骨的诗句。

这里空无一人。

我可以奔跑呐喊,也可以跪膝回望……

神奇的命运,将沧桑、厌倦,用莫名的际遇,雕刻在一个人的脸上,它也会创造出一个像茶乡这样的世外桃源,让一缕月光或者一场春雨适时地落下,驱走我们眼里深不可测的汪洋!

我仿佛走进了佛陀的世界,满眼尽是开放的慈悲。

这干净的绿色,让我想更多地握紧女人善良又无私的母性。

漫步在茶山。

一个贫穷的人，看见艺术之神，不用文字，只借助植物、光影与闪电，便可将油菜花的黄，泥土的甜，这世代相传的秘密，跃然于千里画卷。

我身上的大雾被雾色收走。

我心里的绿色被绿色辅助。

满眼都是奔跑的诗行，这些跳跃的音符，每一句都饱含水意。它们知足且臣服，在大地辽阔的心口——

浅浅沉醉！

深深热爱！

（选自《山东文学》，2017 年第 4 期）

雨倾城

雨倾城（1976— ），女，本名袁秀杰，河北丰润人。文字见诸《解放军文艺》《青年文学》《诗刊》等。

梅

我站在你的燃烧里，倾尽一生。

辽阔的风，在大地的掌心，走过。

走过，唇上沾着暗香。

走过，花的影子坠落成诗。

那么多的绽放，开出少年的颜色。战栗，却又汹涌。

这安静的人间，城池颓圮，可曾听见我内心的涛声还牵着昨日辗转的征尘？

寒，接踵而至。越来越多的人，被时间埋葬。从边关到小楼，从沈园到城南，从阳光四溅的早晨到雨声不断的夜晚。

你就是我的万里江山了。

朝拜山水，天地泼墨。云水深处，栖息的骨头，长出空旷。

雪花不断落下来，落下来，让我如此深爱。一截枝丫，用积攒一生的坚持，声情并茂，仰望命运。热血和黄昏，归于清浅。瞳孔，涌入几行苍凉的诗句。

华发向人，我决定守着嶙峋和浩荡，与天地往还，邀风，邀月，邀雪，和梅互为温暖互为春色互为梦境，只留一片白，一片真，一片香。

不想说，这些年，风声正紧，尘世的雪，一望无际。

向日葵

轻轻。我来了。

等一朵花开，抑或至爱。

此时，一定要有绿荫重叠，小小村落，半明半暗。

一定要有阳光驻守的脚印渗出静，有临水自照的峰峦，飘着鸟语。

小院外。红墙下。一株向日葵通体透亮，天使的容颜，贴近泥土。

缓缓打开自己。选择仰望。

虔诚的居所，盛开大地的笑脸。

像英雄，深深爱着理想。

像田园无以掩藏的梦境，叙述高度。

整个世界都是它的。

它灿烂。它孤独。它升华。它在辗转的春秋，释放火。

触景。生情。

听我的呓语，我爱。

一些寻常，起身内心的河流。站立和俯首，只说给秋听。

油菜花

是我想你了。

在春天之前。在山坡之上。

十万亩的金黄，有空心之美，仿佛一个王朝的盛世借来的余欢。

你沉默。你朴素。你欢喜。你简单。你呐喊澎湃，活色生香，去一个女子的内心，交换歌声。

你睡在风里，选择行人最好的视角。

已经够了。这天地间浩大辉煌的燃烧。

已经成为蝴蝶明亮的喘息。

已成为一片景里，父亲扛着锄头反复专注的农事。

隔着沟壑，油菜朵朵，占山为王，照亮谁亲近山水的旅程。

众生来去。万物私语。

我上山下山，消失于缓慢的光阴。

会有泥土的芬芳，流过身体。

会有一只一只的风筝从古诗里飞出，忽高忽低，全是春天里，你深深爱着的灵魂。

不想再继续走了。

你看，我多么喜欢——这头顶上的蓝天，脚下的热土，还有青草和牛羊藏身河流的倒影。

（选自《诗潮》，2016 年第 4 期）

罗福成

罗福成(1976—),贵州沿河人。在《散文诗》《散文诗世界》《贵州作家》发表作品。

火堂,木屋的几何中心

我知道,我有放不下的故乡。因为那里有一口可以焐热整个冬天的火堂。

三脚架。木柴。烟灰。母亲的围裙,父亲的黑手掌。组成了火堂坚硬的骨架,任火焰拥抱与舔食。

我靠近你,打开堵塞的胸膛,在散落的灰尘和催泪的烟雾中接受你持续的解剖和审判。

你是村庄永远站立的灵魂。没有你,我坚持皈依的木屋,注定一生孤守亘古的冰凉。

火堂,你一定是我隔世的痛楚。为了你圣洁的掌心能燃起一片片微弱的火苗,从小我就在捡拾一路悲欢得失。

子夜风大,火堂静寂。

——我将自己的骨殖放进火堂的根部,在重返内心中完成一次内心的救赎和面对自己惨烈的现实。

我们亲近火堂,其实是想咀嚼母亲从火堂中提炼出来的鼎罐饭。

——如果真有来世，我愿做一捆无烟的柴火，永远燃烧在母亲一生都离不开的火堂，燃尽她内心装着的那些伤楚的记忆，温暖她今生所有哭泣的内涵。

（选自《中国魂·散文诗》，2016 年第 4 期、第 5 期合刊）

草 鞋

一根草一根草编织的，两朵红缨点燃了那些被红苕和苞谷喂肥的日子。草，这种脆弱的纤维，在一种高贵与纯朴的编织下，坚韧至极。

草鞋，穿在一个农民儿子的脚上，走着从乡村到城市的路，安稳踏实。这种平凡的草，在刀刺铺成的路上，使那群硬汉的脚，在泥巴和乱石堆中熠熠生辉。

草鞋，这种最简陋的鞋，走出了乡下人最坎坷的一段路。穿草鞋的庄稼汉，脚步声已很久远，那些原始的鞋，始终踩在历史的鼓点上。

（选自《2013 年中国散文诗精选》）

宓　月

宓月(1976—　),女,浙江绍兴人。现居成都。著有散文诗集《夜雨潇潇》,长篇小说《一江春水》,诗集《早春二月》等。

水　乡

一条小河从门前淌过,玉带似的柔软。缀几片黄叶,撒落红无数。

穿蓝印花布的女子,发辫垂腰的女子,走下台阶,濯洗彩色的春秋。水红的笑靥,如花瓣,漾在褶皱的水面。

远山的忧郁被风带走了,有银铃般的笑声在河底滚过,像一尾透明的鱼,在记忆深处穿梭——

平静的心湖也会起皱吗?

当濯衣的女子渐渐淡出变成底色,青砖瓦房便现出清秀的轮廓。

水乡女子,水做的骨肉,一双纤手洗出一个透亮的梦,洗出了水乡的灵秀。

T型台上,穿蓝印花布的女子,窈窕的女子,在镁光灯里闪亮的女子,烟雨水乡是她永远也走不出的背影。

水乡,一个穿蓝印花布的女子。

水乡，水乡，女子柔骨勾勒出的水乡，男人梦里的水乡。

宁静的水乡，清秀的水乡，累了也不叫一声的水乡啊，你吸引了多少游人的目光，让人魂牵梦萦！

可谁听懂了，从亘古飘来的那一声欸乃？

空　巢

醉意呢喃的日子已随落叶逝去。

阳光疏懒，无意去翻晒秋的枝头那高悬的一巢落寞和孤寂。

山村沉浸在黄叶的思绪里，只有泉水活活泼泼地跳跃着金色的幻想，与临水而筑的老屋兀自说着许许多多童年趣事。老屋无言，凉意渐增的山风轻轻拂着廊檐上的蛛网，仿佛怕惊醒了老屋苦苦厮守的一个空茫的残梦。

溪边捣衣的姑娘在哪里？

捣衣石被溪水冲洗得更加圆润、光洁了，若有若无的石纹印宛若被时光之水悄悄地画下的那盈盈笑脸。

春来秋去，一树空巢还可守待来年的花香熏暖、莺歌燕舞，人去楼空的老家，何日才能人面桃花相映红？

（选自《冰凉的花瓣——中国当代散文诗精品选》）

陈劲松

陈劲松（1977— ），笔名无花果，安徽砀山人。现居青海格尔木。著有诗集《白纸上的风景》《五种颜色的春天》等。

与麦子相恋（三章）

麦子妹妹

最优秀的植物——麦子妹妹，在乡下，朴素地成长。

打开露水的窗子，

从一个最纯净的词语出发，带着农人的祝福词，带着绿色的梦，走进温厚的泥土。

麦子妹妹，你可以感觉到大地灼热的心跳吗？

在你不经意的回首间，你能否看到农人鬓角的汗水和白发？

你是否又能读懂农人眼底深藏的泪水以及他深深弯向大地的腰身？！

亮出生命那抹绝艳的绿！

大雪如歌。麦子妹妹，在白色的寒冷中，你迈出了你绿色的脚步。轻轻地，没有惊醒，那个刚把腰身放平的农人。

在温和的大地上，我就是那个最笨拙的农人呀。正一点点，努力地为你除去那些强盗般打劫的杂草！

哭泣的麦子

细节：一株倒伏在雨中的麦子，是谁的一个小小的弃儿？

冰冷的雨中，谁能扶起那株倒在地上的麦子？

谁能扶起它被雨水擦亮的忧伤?!

农人已经走远，去了远方那个钢筋水泥的城市，去了那个不生长麦子，只生长妖艳霓虹和塑料玫瑰的城市。

他正用叩响过大地的十指小心地叩响城市的门扉……

“汗水最贱是现在的社会行情！”

我那个写诗的朋友已两手空空地去了南方。麦子啊，你能否在那条满布假农药化肥，满布强盗般的杂草和凄风冷雨的田畴上挺直腰身？

一株麦子在冰冷的雨中哭泣。

一粒粒干瘪的麦粒便是它小小的泪滴吗？

谁能扶起它缺钙的瘦弱的腰身？

谁能把它小小的哭声放进我的诗歌日渐暗哑的声带部位？

一株倒在地上的麦子，是谁跪向大地的身影?!

养我性命的母性的麦子啊，如果可以，我愿意取出身体内的钙和铜，我也可以取出血液内的温度，

放进你冰冷的身体，好吗？

做一株麦子

做一株麦子,幸福地挺直腰身。

在温和的大地上,面对冰冷的风雨,面对劳作的农人,要学会该对谁昂首,该对谁低头!

做一株麦子,站在温和的大地上,和另外的那些麦子,用绿色的叶子握手,用清香的花粉交谈。

做一株麦子,在阳光中,向天空亮出自己小小的绿色的誓言。

做一株麦子,清风为袖,露珠为眼。

做一株醒着的麦子,在积雪下,叫醒最早的春天!

做一株扬花的麦子,在阳光中灌浆,让颂辞乳汁般饱满,让麦穗般的诗歌向大地低下头颅!

做一株麦子,即使无法躲过那些偷袭的冷雨,也要在风中努力去挺直脊梁!

做一株麦子——

如果不能,

就让我做那束闪亮的麦芒吧。

用我小小的锋芒,守护着那些梦想的谷粒!

(选自《文学港》,2003 年第 4 期)

马亭华

马亭华(1977—　),江苏沛县人。著有《苏北记》《寻隐者》等。

乡土辞典(选三)

五　月

一条河流,跑着跑着就累了。

在村庄的边上坐下来,青铜躺在月光下的沙土中,泛着古老的夕晖。

只有星星悄悄爬上了树梢。一束麦穗也会芳香我的村庄。

镰刀在舞蹈,以冰上芭蕾;镰刀在歌唱,以纯金的嗓子,五月的天空潜藏下内心的快乐。

纯棉的妻子站在浅浅的河湾,以浅浅的笑靥守望乡情。一朵云,仿佛忘记了天空的脚步。

亲爱的故乡啊,至此,我的抒情已不容荒芜!

我的爱涉水而来,我的乡愁涉水而来,五月淳朴的诗篇涉水而来。

以一束麦穗的芬芳,以子规的村庄,以太阳和风。

民　谣

民谣丰盈着泥土的声音，乡音不改。新月下的颂词，岁月里的风声。

黄河，在诉说着民情。

牛羊深埋五谷的目光有了岁月的裂痕，痛苦的破碎的瓷片点燃黄土，渐行渐远的是马车。

纯粹的种子，感恩的大地，那落地的比歌声还沉重，抖落一身风尘，收藏了河流，也吹走了牛羊。

苍劲的民谣坐在那一片秋色之中，拯救泥土，守住水边的灯。

我要唱到天的尽头——

民谣是风，把雨水高高举过我的头顶。高天流云，掌心里的粮食在跃动。

稻花的香气陶醉着天下，黄河越走越远。

村庄为我照耀，让我醒来。我埋进九月，感受五谷。

农　谚

鸟，是春天里滴下的一滴音符。

风提着嫩绿的衣裙，轻轻走进三月绿色的鼓掌声中。

风筝拽着大地的秘密，风筝紧握阳光，在那希望的田野上，自由地飞翔。

镰刀的光芒在清水下清濯。

时光，有着缓慢的节奏，次第打开了村庄多少晨钟暮鼓。

黄昏，镀亮了麦穗，牧童的竹笛把炊烟吹醒，沉默的老牛走在了回家的土路上。

劳累的村庄，驻守在农谚中，仿佛遥远而潮湿的记忆。

一年年在乡土骨殖的深处轻轻喧响。

（选自散文诗集《乡土辞典》）

苏启平

苏启平(1977—),湖南浏阳人。著有散文诗集《回不去的故乡》等3部。

老 屋

时光用青苔做脚,从山涧走上台阶。

那刻我不知道谁是房子的主人。父母、我,还是门前朝夕相处的树影。

瓦片整齐地排列在屋顶,如同我胸膛的肋骨,连着我的心脏。

我的心扉被煅烧得同瓦片一样青黄。

红绸的花伞,鲜艳得如同我汹涌澎湃的血液。

故乡的雨滴是散落一地的纸鸢。沿着我的经脉,游历了整个中华。

我退着走回老屋,犹如从中年一直回到童年。扒开每一片残败的瓦片,寻找每一个儿时的脚印。

一个孩子用天真的微笑拉住我的衣角。回不去的童年里,自己只是一个影子。

老屋的墙脚恰似一个粮仓,里面是我一辈子吃不尽的谷子。

从一个房子跨进另一个房子，用一段记忆覆盖另一段记忆。

昔日锋利的犁铧，怎样才能卷起我泥土下蠢蠢欲动的憧憬。阁楼上那轮破旧的水车还在，怎样才能卷起我恰似溪水的乡愁。

披一身蓑衣，戴一顶斗笠，从堂屋祖辈的神龛前出发。却永远没有踏出老屋的门槛。

老屋空荡荡的厅堂，是我的心房。

晒谷坪

每一个晒谷坪都有一段辉煌的历史。抑或孩子的摇篮，藏着些许的温馨，欢乐。

隆起的谷堆，使我想起母亲的乳房。

谷粒的形状就是奶滴的形状，一粒一粒滋养我的身心。

沿着晒谷坪的每一道裂缝，摸爬，行走。

儿时的某一个夜晚，心悄悄地上了蜿蜒的山路。远方，成了充满希冀的梦。

晒谷坪边的小花，一定是儿时遗落的笑声。哪朵至今还在感受着我蹦蹦跳跳的欢乐。

屋前的桃树早已有了它的轮回，不变的是孤独的梧桐，年年换上了别样的新装。

从破败的石块中翻捡出一串串的笑容。用记忆焊接，成了尘世里最美丽的项链，挂在故乡的脖子上。

猪圈，牛栏，还有你。就像门前树上的落叶，摇摇晃晃。

我轻轻地走过你，像一阵风。没有惊扰一个人，包括长眠对面山岭的爷爷和奶奶。

此刻，泪水是风中夹杂的沙粒，停留在你斑驳的坪里。

（选自《诗潮》，2015 年第 8 期）

陈　顺

陈顺（1977—　），贵州沿河人。出版散文诗集《穿越抑或守望》等。

露天影院

是夏天，抑或是秋天，锄头回了家，牛儿回了家。宁静的村子上空，只有炊烟在悠闲地舒展着腰肢。

傍晚，惯有的锅碗瓢盆碰撞后，一个个孩子急匆匆地来到长方形坝子上，眼神里充盈着期待和惊喜。

两根竹竿支起的幕布在风中摇晃，幕布站在高处，人们将视线调整到夜的高度，焦点在不停地闪烁。幕布下，散乱着密密麻麻的欢喜和追逐声。

一阵高声宣传后，柴垛里，厢房上突然安静了下来。幕布上呈现出打斗的场面，此起彼伏的声音，在村子上空回荡。

无数束目光交织在一起，仿佛干枯的玉米吮吸久违的雨滴。

就是这样一个凹凸不平的坝子，盛放着村里孩子的快乐。一个个孩子走出村子、影院，孤零零地站在原地，与葳蕤的青草相互取暖。

是什么改变了一切，时间躲在暗处，笑而不语。

冬天的仪式

雪，还未来得及下；梅，迟迟未开。村庄偎依在冬天的怀里做着春天的梦。

寒风中，媒人最后一次抵达。两个形同陌路的人生便开始嫁接。一夜之间，村里村外像炸开了锅。

良辰吉日转瞬即至，火红的婚联映射爱的箴言，成为村里一道风景。

鞭炮响了，一缕缕炊烟伴着七零八落的嘈杂声，摇曳在空中；唢呐亮了，两个歪着脖子的八仙，涨红的脸上露出得意的笑容。寒意，不驱而散。

是蜡梅花芬芳的时节，是清晨抑或中午，一顶火红的轿子，从山顶颤悠而来，前呼后拥的盛景，恰似古代的王。

是谁，十八年的秘密就此开启？

是谁，十八年后的生活就此上路？

从那村到这村，一走便是十八年，天仍旧是那片天，唯一不同的是脚下的路。

从此，村里便多了一个人，一个故事。

儿时的记忆

黄昏，母亲的呼唤是最美的声音。伴着牛铃，我的双脚会抽出翅膀，瞬间抵达母亲的眼帘。

油灯站在高处，昏黄的光晕在夜色里挣扎，温馨在火光里弥散。蝉、鸟、蛙的叫声，相互碰撞，伴着幸福的咀嚼，白天便匆匆谢幕。

父亲放下碗筷，抱着青草去了牛棚；

母亲拿着铲子，在锅碗里打捞；

没有言语，时间慢慢踱向黑，直至某个深不见底的梦。

我坐在火铺中间打量着这一切。童年，于时光恍惚间逐渐长大。

（选自《穿越抑或守望》，中国戏剧出版社，2017年）

路志宽

路志宽(1980—　),河北大名县人。著有诗集《诗路花雨》《诗意的村庄》等。

故　乡

碾碎月光的墨,用情感的笔,蘸着,写一首首关于故乡的诗。

故乡在原地,我在天的尽头,咫尺天涯,有时却只不过是一张纸的距离。

小河流水的平仄中,淌出乡亲们的日子。

弯腰下去的乡亲们,每日总要向养活他们的泥土,数不胜数地鞠躬,这敬意中,是对感恩的真诚诠释。

游子,临风伫立。乡愁布满的眼神中,缕缕升腾的炊烟,碧绿的草色,月光一样的河流,父亲的旱烟,母亲的针线,都一一刺疼我思念的神经。

故乡的味道,香,甜,清淡,却一直润湿着干涸的心灵。

庄稼的芬芳,鸟雀的鸣唱,钻进一首首诗歌里,字里行间,是月光的墨滴,书写出来的浓浓乡愁。

村　庄

村庄,故乡的载体。

一望无垠的田野,碧绿铺展。

暖暖的风,吹生绿色,这是春天独特的魔法。残雪,被春天神奇的双手,一点一点变没,一点一点消失。

牛羊的嘴,和大地上的青草,一次次亲昵,春天也在他们的嘴里,一次次返青。

绯红的桃花,用娇艳的容颜,为村庄化妆。

村庄的柴门,大开,用来显示欢迎春天的诚意,迎一缕阳光进来,拒绝灵魂的霉变。

扶犁的父亲,喂鸡的母亲,奔跑的鸡鸭,流淌的小河,在村庄明媚的阳光下,尽情享受这一份静谧,这一份温暖。

清晨,草叶上的露珠,是不是昨天父母的汗珠变化成的?麦苗无语,只是一个劲儿地随风铺展着自己的笑容,诗意荡漾。

春天的村庄,就是一幅画,挂在乡下。

乡　亲

他们的前世今生,就是一株庄稼。

生在土地,长在土地,最后终老在土地。他们将自己的一生,都和土地息息相关。

太阳的血性，是融入村庄汉子骨子里的性格；清澈的河水，是渗入村庄女子血液里的柔情。他们是阳光和河水的孩子，他们一直在感恩。

男人们的旱烟锅里，吐出的不是烟雾，而是他们对生活的思考，对生命的眷恋。女人们的双手，缝补的不是衣服，而是日子，是他们要拼命守护的生活。

抬头做人，低头耕种，这是乡亲们选择的做人方式。

一滴晶莹的汗珠里，闪烁着乡亲们勤劳与智慧的光芒。

（选自《牡丹文学》，2015 年第 15 期）

郑小琼

郑小琼(1980—),女,四川南充人。著有诗集《郑小琼诗选》,散文诗集《疼与痛》,散文集《夜晚的深度》等。

土地神

从冷冷的北溟耸出肉体中的那只鸟,它的长爪与羽翼濡湿了昨夜的梦。

矮矮的土地庙间,有一方水土养育着无边的苍茫与空旷。

剩下一棵大榕树,荫翳的枝条在地狱与世间的罅隙间生长,白天的恶在凋零,它的根在昆虫与蛇的梦间沉睡。时间陷落了,有矮矮的庙宇,香火缭绕于土地神侏儒一样的人生,我的胎衣埋于榕树的背阴处,沐浴着人间的春夏秋冬,沐浴着纯洁的时光,祖先的骨殖从天堂返回人世的枝头,蛇穿蠕着,它的毒液分开世间的善恶,分开草木的枯荣,分开大地的昼夜。

矮庙上漆着苍白的月色。

是李白的月色,也是母亲的月色,破碎的青花瓷间,一株蓝蓝的植物在白瓷间蔓延,纠缠。白衫青衫的马蹄声远了,那些盗窃少女的幽梦的马蹄声远去,剩下岁月的褶纹在榕树上伸展,像一块块碎裂的青花瓷遗忘在土地之间。

所有美好的都美好过去了，

只有冷冷的榕树吊唁昨日的梦。

往昔比午夜还典丽。桦树，樟树，梓树，苦楝，乌桕它们交错的光与影都怦然如昨日。

雨雪已来，燕子已来。

那丝丝折磨着你的触须般的忧伤苍翠似杨柳般的梦。在冷冷的时光间，

有鸟自北溟鼓翼而起。

人间饱留着多少相同景致：枯树，土地庙，碎瓦瓷，断折散落的香灰与香棍，背着行李出乡的背影，蓝布裹着的半抔泥土……有路曲折而行。

有在旷野之下悲凉的人，山河正在土地庙的翅上，星河在北溟之鸟的肋下。

她在一张黄纸上写着生卒年月与南圣子土地，那里是一条死后灵魂回去之路。

雨水幻象

黄昏的车头淅淅沥沥地呜咽着，青山隐于烟雾之外。京广线上的灯盏，庄稼孕育着一个个俚语的村庄，它先行抵达铁轨的尽头。

溅着几千万民工的战栗，溅着雨水的头，溅着那头不肯停落的雨滴。

树木，村舍，渐退的山坡，缓慢劳作的农人。幻觉的玻璃之外，退去了一条疲倦而污染哭泣的河流。

暮色从前方插入车厢内，黑暗从铁轨上的黑雨水间涌起。

我看对座的旅客，疲惫而辛酸，残滴着衣锦还乡的松脂，一滴一滴，清澈而苦涩，保持着雨水冲洗过的洁净。

窗外，山河呜呜而过，穿过雨水的戳印，向北而行。

官僚们正把一块土地划成块状抵押给水泥、钢筋、化学制品、资本银行。断枝的树木与砍削半边的山岭是最后的赎金，它们的背后，一群失地的百姓像雨水一样哭泣。

看车，看雨水。

看呜呜而过的河流。

看斑斑驳驳的车厢，火车凶狠地鸣叫，

人世间，人们正像一群赌徒一样抵押着一切。

我把行程抵押给铁轨，把痛苦的生活抵押给虚无的理想。

词典里面，是一张从夏到民国的周期表。它们穿汉越唐，过宋经清，像我此行，经湖南，过贵州……缓慢的车是否抵达目的地。

雨水正下，村庄退后。像过去的时间，埋葬在火车行程间，不复再现。

（选自散文诗集《疼与痛》）

毕　亮

毕亮(1981—　),湖南安乡人,现居伊宁。已发表中、短篇小说60余万字。

同在屋檐下

麦种和黄豆种子挂在屋檐下风干的时候,正有一场雨水顺着瓦檐流到储水缸里。

去年留下的高粱秆子被拿回去做成了扫帚,放在门后,和锄头、镰刀、铁锹一起过冬。

通常,屋檐下还会整齐地码一些劈好的木柴。这是为冬季大雪天准备的,烧好的火焰蹿出了灶台,熏红了正在添柴的母亲,也烤熟了埋在炭火里的山芋,香味已经从烟囱和门缝里溢出,随着雪地里的脚印,走进了隔壁邻居家。

太多的家常从乡村的屋檐下传向更远处。谁家开怀大笑,瞬间就会传遍村子各个角落,并在屋檐下的墙壁上,留下一些不为人知的痕迹。

久而久之,就成了一条条缝隙镶在墙上,等着缝补、填充。

满村找一头牛

在我离开五年后的某个凌晨，村里最后一头牛走失，或许是在前一天夜里被送进了屠宰场。

这头年迈的老牛，多年来走过的田埂，比我五年里坐火车走过的路还要多。

就在我连夜摸回故乡的时候，一瞬间就开始怀念那头我曾经放牧多年的牛。

黑夜里，我开始满村寻找一头牛。

它熟悉的气息在我渐行渐远中打包放进了行囊，但在我生养十九年的村庄已经遍寻不得。

我没有足够的时间跟着它留下的最后一丝生息，去找寻我的过去或者它生还的希望。

在天亮之前我必须再一次离开，并逐渐明白，每个人注定有一次的回归仪式，老牛走失时，已经不再属于我。

一场微不足道的风经过村庄

一场小风经过村庄的时候，柴火已经堆到了屋顶的高度。风顺便带走一些草籽和几缕炊烟，以及我刚刚撕下的几页数学课本，温柔地拿到了村西边的公鸡山顶。

风在来之前，仔细摸索，还是有蛛丝马迹可寻。比如院子里公鸡母鸡不停地到处乱飞，鸽子也朝着风的方向展开她的翅膀。

这些都是微不足道的细节，正在灶台下添柴火的母亲不会发觉。

一丝不苟地擦拭犁铧的父亲无暇顾及，他的心思早就飞到了即将要耕种的三亩田地上。

而哥哥正坐在池塘埂的杨树下盯着他的鱼竿，他已经消磨了一个下午，随之而来的黄昏就是他的收获，他身后水草丰盛的水渠里，村里唯一的耕牛正在饱餐。

风来时吹走了停在它身上的苍蝇和麻雀，老牛依旧在专心地啃食已经啃过多次的牧草，圈里的猪似乎有些担心它的晚餐，烦躁地拱来拱去，在给猪喂食的瞬间，黄昏的阳光洒在屋顶上。

一场小风经过村庄后，又迅速向着另外的村庄吹去。

（选自《散文诗》，2010 年第 8 期）

张 雷

张雷(1982—),山东枣庄人,著有《烟花三月》《结客少年场行》等。

谷 子

沧海一粟,一粟沧海。

谷子一生都在胆战心惊中度过。芽儿拱出地面,时时担忧被主人误作杂草除掉。谷穗灌浆时,几乎每天都要遭受鸟雀的侵袭。

谷子没有什么奢求,只要有几位草人站岗放哨,就可以安心孕育粮食。

谷子碾成米,在生活的炊烟里香飘四季,与人类结为肌肤相亲的知己。

高 粱

不怕旱,不怕涝,唯有高粱铁杆俏。

铁杆俏,自然是农人对高粱的昵称。

高粱对于土壤从不挑剔,播下一粒种子,不仅可以收获一穗粮食，而且可以收获上等的苫屋材料。

高粱生性不事张扬。成熟了，却羞红了脸膛。谦逊如高粱，生活中会少了多少悲天悯人的忧伤？

手捧红米饭，我和高粱一起忆苦思甜。

玉　米

把花儿顶在头上，把果实别在腰间。

玉米，你是谦逊还是张扬？许多的时候，人们无法解读你的双重性格。

你擅长倚老卖老？孕育着果实，你却执着地长出了胡须。

你注重秀外慧中？果实别腰间，你还用绿叶遮遮掩掩。

无论是粮食还是秸秆，你都能造福人间。

玉米，嗅着你成熟的清香，我揣测你生命里的传奇。

（选自《2013 中国散文诗精选》）

田宇格

田宇格(1983—),女,本名马莉,江苏武进人。著有诗集《灵魂的刻度》。

老屋赋

我太老了,从铜锈里剥落,这些绿锈不是我,那阵青烟也不是我,我已决定不再显形。锈迹继续模糊,模糊门环,模糊过旧的日子,日子苟延残喘,满嘴泥土的苍凉。红砖无声于世,它除了还潮,再也给不出祖父母十九岁那年,张灯结彩的拜堂之喜。芭蕉映窗,是水墨逸出的残笔。照墙满腿黄泥,在梅雨里站成遗物。

记 录

很多年了,我抱着豁口的瓦罐,熬完祖父的药,就熬祖母的药。喝药的人没了,只能在罐中煮一场梅雨。泼进竹园的药渣,还憋着一肚子苦水。荒草长到坟头,烧它的不是夕阳,是山羊咀嚼春天的声音。

你无法承认,这世间除了药引、药渣,还有捂紧嘴、喘不过气来的人。除了枯荷折茎,还有古柏,使日子绵延。

(选自《诗神》2017 年第 2 期)

杨剑文

杨剑文(1983—　),陕西省横山人。出版散文诗集《横山的春夏秋冬》。

秋　雨

一场秋雨,带来的不是彻骨的冰凉,而是深深的记忆。

故乡的那场秋雨,多年来一直在内心深处下着。

小公鸡、大花狗还有温顺的老母牛都被禁锢在了密密的雨帘里。

那匆匆赶路的又是谁呢?是去上学的孩子们变幻成了鲜嫩的蘑菇吗?小精灵们的歌声喂饱了弯弯曲曲的小路。

细雨无声,其实不是。

秋雨演奏的交响乐被稻谷和玉米偷录了,堆积成圆圆的、高高的粮囤。

这些优美的乐曲从父亲午睡的鼾声和呓语中,可以清清楚楚地听到。

雨不紧不慢地下着。

雨的情郎——黑夜，悄悄地拥她入怀。

温暖的炉火，袅袅的炊烟，谱写成丰收的赞诗。

赞诗的文字一行行整齐地排列着，像是玉米的颗粒，被老祖母唠唠叨叨反反复复地吮吸着。

秋雨过后，一个季节将要禅位给另一个美丽的季节。

秋雨是温柔的，善良的，会真心祝福另一个季节走向繁荣！

秋雨有情，润物细无声。

洁净、清爽的秋雨是万物共同的化妆品。

秋雨塑造了山岳的奇秀；

秋雨滋润了河流的妩媚；

秋雨冲洗了人类的疲劳……

夜深了，雨停了。

犬吠、牛哞，歌颂着明天灿烂的朝阳。

灯光柔和如明亮的丝绸，诠释出幸福的滋味。

母亲的叮嘱、父亲的眼神一齐装进沉甸甸的行李。明天我将远行寻梦。

那一夜的秋雨和着离别的泪水冲洗出了我梦想的底片！

（选自《散文诗世界》，2004 年第 5 期）

放倒的村庄

他被放倒在床上，村庄也就被放倒了。

脸色雪白。

墙壁雪白。床单雪白。

窗外,下着雪。

雪,巨大的白色床单。大地冰冷,疼痛。

他的脸上下着雪,眼角下着雨。插进全身各式各样白的、红的、紫的塑料管像从城市地下浮起的通道。

通向哪里?目的地何处?

遥远的村庄下着雪吗?无声无息,没有消息。他倒下之后,村庄也倒下了。现在,村庄比一片雪更冰冷宁静。

墙壁雪白。床单雪白。他感觉,白的空旷的房子在塌陷。这就是被放倒的感觉吗?

他曾轻易地放倒一头猪一只羊,甚至一头肥硕的黄牛,让它们流淌出红色的血液,裸露出白色的皮肤,然后让它们倒立起来,用更多的红的血流淌出、冲刷出夕阳的河床。

而现在,他也被放倒了。只有他一个人的村庄也被放倒了。是谁放倒了他们?他血管中黏稠的血又会流淌出、冲刷出什么呢?

白的房子无声。白的村庄无声。白的雪无声。

(选自《湖州晚报》)

周大强

周大强(1983—　),安徽五河人。曾在《人民文学》《北京文学》《光明日报》发表作品。

丰收的乡亲

看见一只鸟,我满眼是飞翔的目光,淮河,在生命的疼痛处拐了一个弯。奔腾的河水,带来了清新的晚风和翠嫩的霞光,有谁看见,那梦的华章中夕阳在燃烧。

淮河,父亲的脊梁,两岸乡民们无尽的甘泉。暮色隐匿在麦田的灵魂深处,阵阵蛙鸣敲响波澜不惊的黄昏。在田野的尽头,油菜、花生、高粱露出火红的面容,这广袤的原野,这一望无垠的皖北平原,麦浪滚滚中,一辆拖拉机带来丰收绵延的战栗。

夏夜。麦田。看见六月的星光。

你会像诗人一样沉思呢,还是像一个虔诚的农民露出憨厚朴实的微笑?

此刻,白昼,多像一捧苍茫的尘土;夜晚,多像一个静默的黎明。而村庄,迷离在淮河意境悠远而深沉的民谣中逐渐丰腴。

春种的日子说走也就走了,夏收的日子说来也就来了。

淮河的岸边,挥舞着镰刀抢收的乡亲,如同一抹色彩亮丽的虹,烙在我的心里。

我要写下这样的乡村

我要写下这样的乡村。河水绿了,紫色的河泥摇晃水草。摸鱼的娃儿一手下去,放跑了鲶鱼,抓一把螺蛳。

我要写下这样的乡村。杨柳抽芽,笑颜里鼓出一个燕语中的家园。牧童牵回脚步缓慢的水牛,唱一支蝉鸣和蛙声伴奏的儿歌。

我要写下这样的乡村。嘘——不要惊动草窝里的那对小鹌鹑,它们春天的鸣叫会引来一声春雷,到时,满山坡的青草让镰刀割到八月十五也直不起腰。

我要写下这样的乡村。西风亮起灯笼,提起砍刀割倒一片甘蔗后,你会看见两座墓碑,不要问他们是谁,看一看坟头上两棵紧紧相拥的槐树枝就知道,这么多年,他们的骨头还爱着。

马东旭

马东旭(1985—)，河南宁陵人。作品散见《诗刊》《诗潮》《星星》等100余家报刊，著有诗歌草本《申家沟》。

生　命

姐姐，我把申家沟的小径卷起来，攥在手心。

把两岸的一草一木也卷起来，我走到哪儿就带到哪儿。这永恒的小村庄，其实并没有什么永恒，刹那便是永恒。我喜欢听鸟鸣的声音，浪花翻卷的声音，一只蚂蚁搬动麦粒的声音。

清晨，迎迓黎明之光。

傍晚，赶着羊群和落日。我们在青岗寺的宝顶下绕行祷告，又在黑色的屋檐下拔去枝头上的绒刺。于此生活，我们活得如意，也活得不如意。

我们微尘弱草般的生命。

仅存在于它的碳水化合物。

（选自《山东文学》，2017年第10期）

想念父亲

父亲，土地是你恩宠的一部分。

我和母亲是你恩宠的另一部分。六月的申家沟，田畴开始吐出绿玉杖。那是一根根绿色的骨头支撑故土的屋宇。

此刻，静默的穹庐。

就是我的孤独。它突然裂开，长出更多的孤独。

在黑夜与白昼之间的全部时辰，我迷恋远方，并阅尽远方的苍寂。但不能忘记埋首土里的父亲——他蜷缩的人生的平凡与伟大。我多想借着央塔贝克什的风，吹去其脸颊上的尘土。

泛着黑色和黑色。

雪落平原

北国之雪，压上我的唇。

我已吐不出青莲。

只有火炉，父亲、母亲、三姐妹，长久的静默如谜。我们围着火炉，遗忘了时光。我们煮酒，但不谈论往日的英雄。我们敬慕土地和土地神，但它说不出哲语。

父亲可以。父亲在年轻时唱过圣歌。他的手割过麦田，攥着我的手，我的手攥着人世的浮荡与悬崖。一缕香可以合上我的眼睛,我听到青岗寺飘出的隐语,飘向这古老的没落的平原。

我的根之苦苦的平原。

此刻。

无限白。

（选自《大沽河》,2017 年第 1 期）

金小杰

金小杰(1992—),女,山东平度人。作品散见于《星星》《山东文学》《中国诗歌》《扬子江》等。

叶落归根

一片树叶落下的时间,恰好是我回家的距离。

从农村到城市,从泥土到花朵,脚底板上沾满草叶、露水、星辰。风打磨着树叶,逆风而上的日子变得锋利。

冬天,窗外的风声渐紧,我看到一片锈掉的叶子,不顾风的阻拦,直直地扑向树根。

胶东平原

这大片的平原,深埋悲壮。

父亲的一双膝盖,没跪过天,没跪过地,更没跪过佛祖和菩萨。奶奶去世那年,二十出头的父亲也只是用拳头擂了擂医院的白墙,梗着脖子抹上奶奶死前大睁的眼睛。这铁打的山东汉子,从来都不知道什么是弯腰,什么叫低头。

去年五月,大雨抽打着麦子,所有的麦穗都猝然扑地。父亲带着母亲和我，在狂风骤雨的胶东平原上，向每一株跌倒的麦子屈膝。

雨雪霏霏

白沙河以西二百米，有树，树下睡着亡人。

选一个雨水充沛的夏天，抬棺，下葬，插柳。这小半截柳枝在八十年前的夏天生根发芽，枝繁叶茂，漫不经心地探进人间，触及这尘世的风风雨雨。

十岁那年，我第一次横穿胶东平原。村庄矮小，麦田平缓，一棵柳树怀抱一方瘦小的坟头，端坐成一小座孤立无援的青山。月光好的时候，已故的亲人们攀上树梢，目光可以放得很远，远到某个炉火温暖的村庄。那里灯火可亲炊烟弥散，小米同南瓜的香气可以飘得很远。

而如今，我再一次横穿这大片的平原，这尘世的烟火逐渐寡淡。城市，夹裹着喧杂的人声，潮水般决堤。麦田同村庄躲闪仓皇，一棵柳树突然站上前来，把车马缓慢的岁月护到身后，把糊口度日的麦田护到身后。

平原之上，一棵柳树紧紧护住这初春的麦田，同近在咫尺的庞大城市对峙，势单力薄，但仍旧拼命摇落树上的一场大雪。

（选自《扬子江》诗刊，2017 年第 6 期）

李泽慧

李泽慧(2007—　),女,祖籍湖北天门,出生于广州。出版诗集《朝阳升起》。

乡村的夜晚

乡村的夜晚,是黑色的,是宁静的,是美好的。

站在乡村,其实是一种享受。坐在家门前,静静地倾听着蝉鸣,可能还有鸟叫呢!长高了的玉米地里,萤火虫隐隐约约在闪着飞着,天上的星星零落着闪烁着,都是美丽的。漆黑的道路没有一盏灯,显出了乡村的贫困。但是,尽管贫困,我还是很喜欢,这里有着原生态的自然环境,比都市好多了。

我在想,要是乡村与都市合起来的话,那会是什么样的感觉?但那是永远不可能的。

听着蝉鸣,倍感放松呢!玉米地密密麻麻的,好像竖起了一道防护墙。我看着这片很高很高的玉米,突然感觉自己好矮啊!

我在想,我一直在想,要是我自己,真的觉得这乡村美好不想离开了,那我该怎么办呀?

我喜欢都市,也喜欢乡村。都市,我喜欢都市的繁华;乡村,我喜欢乡村的宁静。

所以长大以后，不管在天涯还是海角，我都会常常想着乡村，会常常回到乡村，走走，看看。

黑夜来临

天，还没完全到黑夜，六点多了。确切地说，马上就要到七点。现在，接近夏天了。

正因为接近夏天，我才发现，黑夜来得越来越晚。于是，我提心吊胆地望着天边，凝视着天空，仿佛知道那边会有什么东西飘过来。

什么东西？炸弹？地雷？还是……飞机？都不是。答案是歌唱着、雀跃着、欢快着的鸟儿。

鸟儿们拍打着翅膀，紫色的毛，黄色的毛，红色的毛……各种各样的毛，五光十色，五彩缤纷。小鸟你一言我一语，玩着，追逐着。

我在想，白天有鸟叫，晚上怎么也会有鸟叫？难道它们把那淡淡的夕阳，当成了太阳升起？

鸟儿叽叽喳喳地叫着，播放出我最常听、最乐意听、最熟悉的、百听不厌的百鸟鸣。

一边听着百鸟鸣，一边吹着惬意的春风，我的头发都飘了起来。我望着大自然，想：大自然创造了奇迹。

这样想着，小树沙沙哗哗地摆动起来，仿佛着了凉似的。稀里哗啦，有几片叶子蝴蝶似的从小树上飘下来，还在抖。可能是风太大了吧。可我一点儿都不觉得冷。

渐渐地，风平息了。慢慢地，天黑了。弯弯的月亮挂在了天边，闪烁着微弱的光芒，几颗零落的星星不停地眨眼。

黑夜来临，大自然创造了奇迹。而我却在夜空下奔跑着、欢笑着、疯狂着……

跋

多说几句话

王泽群

抖起胆子决定组织一个民间团队，来选编《中国散文诗一百年大系》，是因为五十几年的笔耕墨耘，深感一百年来中国的白话文写作，因为民族所遭受的苦难、国内外战争、极“左”思潮的影响等，其有关文学艺术的各种题材与体裁，都很难梳理出一个比较正确的，能表现出这一百年道路的文本来。小说、诗歌、散文、杂文就不去说了，即便影视、戏剧、曲艺、歌曲，要用一种历史的眼光做一裁定，也相当难。

散文诗却不同，这个与白话文运动几乎同时兴起的文体，一百年来，从鲁迅的《野草》，到当代的许多名家、大匠的散文诗集，一直在中国文坛的边缘上，有些寂寞且踬踬颠颠地顽强生长着，繁衍着，变革着，前进着……它虽受到世纪风云大的影响，却仍然保持着一代又一代人的执着探索，翻新，求真，求善，求美。这大不容易，大不容易却走了过来，值得研究探索。

于是，便联系了同道，决定做这件不大不小的事。

感谢年逾九十二岁的耿林莽先生。

耿先生在改革开放之始，便致力于散文诗的创作与研究，并利用《青岛文学》《散文诗》等杂志的平台，提携、引领了一大批年青才俊一起前行，为当下中国散文诗的繁荣、发展，立下了不可小觑的功绩。正因此，青岛的散文诗创作队伍，不仅一直壮大着，且涌现了一批在国内外都有影响的大匠名家。放眼望去，青岛的这个散文诗平台，是有相当高度、相当规模的。

于是，我们基本以青岛的散文诗优秀作者为骨干，兼也聘请了我们认为在散文诗的探求创新方面，有想法、有成就、有影响的外地优秀作者，组成了这支队伍。虽然，好多高手名家，我们没请到，但散文诗的园子很大，或一枝独秀，或百花盛开，都是当今的春色。

我们的想法很简单：做一次“梳理”，使这套《一百年大系》既可做观赏卷，也可做研究卷，甚至可以当作一种工具书。

想法有点儿大？

然也。没有大的想法，哪有小的成绩？

鉴于这是对散文诗一百年的回望，我们的“选编原则”是前粗后精，即尽量把早期的作家与作品都收录进来，亮给今天的散文诗爱好者把玩、赏读、学习、借鉴；而近三十多年，由于散文诗作者队伍的蓬勃壮大，散文诗作品呈现出百花齐放，花色纷呈的特点，我们在选录作者与作品时，就必须多下一些功夫，争取把当代的散文诗名家、才俊和他们的代表作尽量选出来。这就必须精挑细选。当然，不可能“挂一漏万”，但也绝对不可能不“挂万漏一”。

敬请散文诗作家和读者诸友理解，宥谅为盼。

“百花齐放，百家争鸣”，早在两千多年前我们老祖宗就提出来了。

但除了春秋战国那一个不短也不长的时代，这种哲思理念因为各路诸侯与“王”们的争打不闲，曾经普盖了众生。其他时间里，它几乎真的只成了一种哲思理念，甚至只是一个口号。

有心的读者可能注意到了，在《一百年大系》的总序中，耿林莽先生认真地对散文诗的诞生、成长、发展、繁荣，做了精准概括的表述、分析、总结。同时，各分集主编撰写的《序》则尽量地体现、实践着老祖宗的这一哲思理念。

当然，我们做得并不好，良莠不齐。但我们试着在做，努力在做。任何事情，总得有人在做，才知道它好，或是不好。

我们也等待着各路的批评与指教。“活到老，学到老”，也是老祖宗留给我们的一种永远不死的哲思理念。

在我们这个民间团队——十人中已有六人正式退休——决定一起合作编辑《中国散文诗一百年大系》的时候，青岛市文联党组书记魏胜吉先生，青岛荣德文化传媒集团董事长郭胜森先生，中国散文诗终身艺术成就奖获得者耿林莽老先生，在精神上、方向上、资金上，都给予我们强有力的支持。在此，一并真诚感谢。

尊敬的朋友们，没有你们，也就没有这一部《中国散文诗一百年大系》。泽群代表所有同道鞠躬。

图书在版编目（CIP）数据

中国散文诗一百年大系．5，乡村民谣／何敬君编
．—青岛：青岛出版社，2019.10

ISBN 978－7－5552－8416－1

Ⅰ．①中… Ⅱ．①何… Ⅲ．①散文诗－诗集－中国－现代②散文诗－诗集－中国－当代 Ⅳ．①I226.6

中国版本图书馆 CIP 数据核字（2019）第 167155 号

书　　名　中国散文诗一百年大系
本册书名　乡村民谣
名誉主编　耿林莽
主　　编　王泽群
副 主 编　韩嘉川　栾承舟
本册主编　何敬君
出版发行　青岛出版社（青岛市海尔路 182 号，266061）
本社网址　http://www.qdpub.com
责任编辑　张姗姗
照　　排　青岛新华出版照排有限公司
印　　刷　青岛国彩印刷股份有限公司
出版日期　2019 年 10 月第 1 版　2019 年 10 月第 1 次印刷
开　　本　16 开（710mm×960mm）
印　　张　25.25
字　　数　250 千
书　　号　ISBN 978－7－5552－8416－1
定　　价　599.00 元（全八册）
编校印装质量、盗版监督服务电话　4006532017　0532－68068638